PLEINS FEUX SUR LE TUTU

DU MÊME AUTEUR

Dans la même collection :

Laissez tomber la fille.
Les souris ont la peau tendre.
Mes hommages à la donzelle.
Du plomb dans les tripes.
Des dragées sans baptême.
Des clientes pour la morgue.
Descendez-le à la prochaine.
Passez-moi la Joconde.
Sérénade pour une souris défunte.
Rue des Macchabées.
Bas les pattes.
Deuil express.
J'ai bien l'honneur de vous buter.
C'est mort et ça ne sait pas.
Messieurs les hommes.
Du mouron à se faire.
Le fil à couper le beurre.
Fais gaffe à tes os.
A tue... et à toi.
Ça tourne au vinaigre.
Les doigts dans le nez.
Au suivant de ces messieurs.
Des gueules d'enterrement.
Les anges se font plumer.
La tombola des voyous.
J'ai peur des mouches.
Le secret de Polichinelle.
Du poulet au menu.
Tu vas trinquer, San-Antonio.
En long, en large et en travers.
La vérité en salade.
Prenez-en de la graine.
On t'enverra du monde.
San-Antonio met le paquet.
Entre la vie et la morgue.
Tout le plaisir est pour moi.
Du sirop pour les guêpes.
Du brut pour les brutes.
J'suis comme ça.
San-Antonio renvoie la balle.
Berceuse pour Bérurier.
Ne mangez pas la consigne.
La fin des haricots.
Y a bon, San-Antonio.
De « A » jusqu'à « Z ».
San-Antonio chez les Mac.
Fleur de nave vinaigrette.
Ménage tes méninges.
Le loup habillé en grand-mère.
San-Antonio chez les « gones ».
San-Antonio polka.
En peignant la girafe.
Le coup du père François.
Le gala des emplumés.
Votez Bérurier.
Bérurier au sérail.
La rate au court-bouillon.
Vas-y Béru !
Tango chinetoque.
Salut, mon pope !
Mange et tais-toi.
Faut être logique.
Y a de l'action !
Béru contre San-Antonio.
L'archipel des Malotrus.
Zéro pour la question.
Bravo, docteur Béru.
Viva Bertaga.
Un éléphant, ça trompe.
Faut-il vous l'envelopper ?
En avant la moujik.
Ma langue au Chah.
Ça mange pas de pain.
N'en jetez plus !
Moi, vous me connaissez ?
Emballage cadeau.

Appelez-moi, chérie.
T'es beau, tu sais!
Ça ne s'invente pas!
J'ai essayé : on peut!
Un os dans la noce.
Les prédictions de Nostrabérus.
Mets ton doigt où j'ai mon doigt.
Si signore.
Maman, les petits bateaux.
La vie privée de Walter Klozett.
Dis bonjour à la dame.
Certaines l'aiment chauve.
Concerto pour porte-jarretelles.
Sucette boulevard.
Remets ton slip, gondolier.
Chérie, passe-moi tes microbes!
Une banane dans l'oreille.
Hue, dada!
Vol au-dessus d'un lit de cocu.
Si ma tante en avait.
Fais-moi des choses.
Viens avec ton cierge.
Mon culte sur la commode.
Tire-m'en deux, c'est pour offrir.
A prendre ou à lécher.
Baise-ball à La Baule.
Meurs pas, on a du monde.
Tarte à la crème story.
On liquide et on s'en va.
Champagne pour tout le monde!
Réglez-lui son compte!
La pute enchantée.
Bouge ton pied que je voie la mer.
L'année de la moule.
Du bois dont on fait les pipes.
Va donc m'attendre chez Plumeau.
Morpions Circus.
Remouille-moi la compresse.
Si maman me voyait!
Des gonzesses comme s'il en pleuvait.
Les deux oreilles et la queue.

Hors série :

L'Histoire de France.
Le standinge.
Béru et ces dames.
Les vacances de Bérurier.
Béru-Béru.
La sexualité.
Les Con.
Les mots en épingle de San-Antonio.
Si « Queue-d'âne » m'était conté.
Les confessions de l'Ange noir.
Y a-t-il un Français dans la salle?
Les clés du pouvoir sont dans la boîte à gants.
Les aventures galantes de Bérurier.

Œuvres complètes :

Vingt et un tomes déjà parus.

SAN-ANTONIO

PLEINS FEUX SUR LE TUTU

ROMAN

ÉDITIONS FLEUVE NOIR
6, rue Garancière - PARIS VIe

ISBN : 2-265-02731-6

UN TROUDUCTION

Rappelle-toi que dans cette affaire j'ai drôlement mouillé mon maillot.
Tu parles d'une escalade !
Je pédalais que d'une !
Tout en danseuse, mon pote !
Et avec pleins feux sur le tutu !

SAN-A.

Change pas de main, je sens que ça vient.

Epicure

A Bernard Frangin,
mon frère.

San-A.

Bon, allez, ça repart.

Ecrire, mais pour dire quoi ?

Si t'écris sans dire, vaut mieux tout lâcher, te filer ta plume dans le cul et imiter le cri du paon pour épater les petites paonnes paonnasses.

Alors, il faut dire.

Mais dire quoi ?

Des gravités ? Des assertions très inquiétantes ? Des funesteries ? Des présages ?

Ou alors écrire pour regimber, comme quoi je ne suis pas d'accord pour être aussi con que les autres, dirigé n'importe comment par n'importe qui, les uns après les autres, droite ou gauche, tous enfoirés à grandes gueules qui font le don de la France à leur carrière saugrenue d'inimportants. Dire qu'on racle ses plaies sur le tas de fumier ? Vise mon Job ! Dire qu'y en a classe d'avoir peur, jour *after day*, du matin au soir et du soir au *morning ?* c'est plus des dentiers, mais des castagnettes. Ah ! merde, assez ! On vit sur un terrain surminé. Y a plus de terre, juste une couche de gazon par-dessus l'arsenal. Une couvrante végétale pour camoufler. Surtout bêchez plus, piochez plus, les gars, sinon tout pète, crame, désintègre. Tes couilles seront même pas dans le pommier : y aura plus de pommiers ; plus rien qu'un féerique tournoiement dans l'espace, de nébuleuse avariée, de galaxie merdique en train de se faire ou défaire, qu'importe !

Et moi, glandu ; ma plume, mon faf à souiller, mon cœur en chamade. Dire quoi ? Que les Français n'aiment pas la France ? Le général Deusétoiles (font cinq) l'aura assez seriné. Du coup, je me penche ; on y arrive toujours par humilité ou contrainte. Et j'avise les mômes, qu'alors le besoin me prend de les emballer, tous, comme un service de verres pour les expédier ailleurs, là qu'ils craindront rien, là que le fragile a sa chance. Où ça ? J'sais pas encore, je vais chercher sur le Bottin ; doit bien y avoir une petite planète pas chère où ils pourront recommencer, non ? Pour peu que la teneur en oxygène soit à peu près conforme, qu'il y pousse du blé, qu'il y coule de l'eau, qu'on puisse y voir le soleil...

Ah ! mes petits chiares, quelle aventure ! Cette monstre chierie qu'ils vous ont mijotée, les grands zaînés.

Adultâtres, va ! Tous des torves et des sournois, mes pauvres gamins. Saccageurs d'innocences ! Vous n'avez qu'une jeunesse et ils vous la laminent, la fouettent avec des orties. Votre seule part de bleu, ils défèquent dessus, mes agneaux ! Votre part d'innocence, ils la tressent comme de l'osier pour en faire des paniers à charrier LE savoir. Votre part de beauté, ils l'encarcannent sauvagement. *School is good for you*, mes drôlets. *Many work, many lessons !* Manu militari ! J'ai honte. Toutes ces choses... Programme scolaire... Passage en sixième... Examens... A peine êtes-vous sortis de vos langes, hop ! Assez de belles couleurs, *bye-bye* Nestlé, te vous font pâlir et trembler, te vous angoissent jusqu'au trognon, mes trognons. Maths, français, physique, anglais, deuxième langue, histoire-géo, tout le grand boxif qu'on met quinze ans à apprendre et quinze jours à oublier !

Moi, je crie carrément aux assassins ! Je suis avec vous, les petits gars ! J'interdis qu'on vous pompe l'air ! J'exige que votre jeunesse soit une longue récré. Puisqu'ils savent plus quoi foutre des gens, pourquoi ne décideraient-ils point un décalage ? On commencerait l'école à vingt piges, une fois bien goinfré d'enfance. On passerait leur chiotte de bac à trente-cinq berges. Sur les coups de quarante carats on débuterait dans la vie active ; ça durerait une vingtaine d'années, tout juste. Bien suffisant. Dès lors, comme ils causent, y aurait du turbin pour tous.

On va se battre, je jure. Mes dernières forces ! Toute l'énergie de mon désespoir, je les fous dans la balance. Vingt ans de vacances ! Faut réclamer. Cessez de déburner nos gamins, bande de nœuds ! De leur bourrer le crâne de théorèmes et autres turpitudes à l'âge où ils n'ont pour soucis que les oiseaux, les fleurs, les jeux et les ris. Honte à vous, sauvages !

Je vais descendre dans la rue ! J'installerai des barricades devant les portes des écoles ! Les compos ? Fume ! Les devoirs du soir, espoir ? Tiens, regarde ce que j'en fais ! Décalage ! Décalage ! L'école à vingt ans ! Je veux plus qu'on touche au printemps !

Voilà, c'est des choses semblables que j'ai à dire.

Mais ils vont rigoler, croire que je déconne, ces enconnés à sec. V'là l'Antonio qui fait son numéro !

Comme un voisin à nous, jadis, qui picolait. Certains soirs, il filait des branlées atroces à sa bonne femme. Elle était couverte de bleus, t'aurais cru un paquet de Gauloises. Quand ça clamait fort dans le Landerneau, les gens hochaient la tête, ils disaient : « Arsène Guérillet est encore soûl », comme ils auraient dit : « V'là le vent du nord qui se lève. » Une simple constatation. Je signale au passage que le mec en question s'appelait autrement, je précise pour s'il existe un Arsène Guérillet qui voudrait la ramener, me faire chier à procès. Je connais pas d'Arsène Guérillet, n'en ai jamais connu, n'en connaîtrai jamais, car maintenant c'est classe, finito, je n'accepte plus personne, mon plein est fait.

Je te l'ai déjà dit : je revends. C'est pas commode. Même au plan échange, tu vois, ça rend pas. « Echangerais bonne relation, contre poire à lavements, ou collection du *Figaro* de l'année prochaine », ça leur dit rien. Y troquent autre chose : des raquettes de tennis, des babouches marocaines, un lot de machins ou de trucs, mais tes potes, ils refusent. Ou alors, ils te les volent quand ils ont le sentiment que tu y tiens. Ça oui, ça les excite. Ils te piquent tes aminches comme ils piquent ta gonzesse, histoire de t'encorner un brin. L'enculade expresse. Ça leur pimente la médiocrité. Ils croivent faire avancer leur pauvre charrette embourbée. Je les connais bien, t'inquiète pas. Les sais par cœur. Au début on essaie de s'y faire. On s'en arrange. Par la suite on les dégueule d'autorité, vu qu'on ne peut se nourrir d'ipéca, tu conviens ? Ça devient un réflexe conditionné. Sitôt que je les aperçois, poum : à l'équerre, mon fiston ! Je gerbe tripes et boyaux.

Mais enfin, on ne va pas filocher sur ce ton jusqu'à la Saint-Trouduc, qui coïncide avec le jour de ta fête, justement.

T'es entré parce que t'as vu du feu. Tu t'es dit, comme disaient les gens de mon quartier, autrefois, à propos du faux Arsène Guérillet qu'était chlass : « Tiens, l'Antonio est chez lui : y a déconne sur fond de police story. » Entendu, amigo. Attends, je chausse mes cuissardes, à cause du sang qu'on va patauger. Je sangle mon holster. Voilà, le mec est paré. Non, non, range ta bibite, on ne baise pas tout de suite !

Le plus duraille à déterminer, dans cette affaire, ce fut la date de l'assassinat.

D'ailleurs on n'y parvint point. Les avis restèrent divisés. Certains prétendaient qu'il avait eu lieu le 31 décembre, d'autres soutenaient qu'il s'était produit le 1er janvier. Cette controverse venait du fait que le coup de feu avait claqué très exactement au douzième coup de minuit et que la mort avait été instantanée. (Une bastos en plein cœur, tu voudrais faire autrement, toi ?) Personnellement, je serais plutôt enclin à opter pour le 1er janvier, car la balle, partant sur le douzième coup de gong avait mis un certain temps — infime, mais l'avait mis — pour accomplir sa trajectoire, traverser la viande de la victime et stopper son cœur. Quand bien même cela se chiffrerait en millionièmes de seconde, elle était peut-être partie le 31 décembre, mais n'avait tué que le 1er janvier. Tu vas m'objecter qu'une pareille précision est sans grande importance et que le dénommé Al Kollyc est extrêmement mort, ce pour une durée qu'il m'est impossible de préciser n'étant pas informé de la date du jugement dernier; aussi ne l'évoqué-je que par souci d'être fidèle à chier partout dans ma narration de l'événement.

Toujours est-il que les choses se produisirent de la façon ci-après.

CHAPITRE 001

Mais avant d'entreprendre le récit passionnant de part en part — de cette pilpatante aventure (car palpitant est insuffisant pour en exprimer l'angoisse), il me faut révéler ici que, sans le moindre esprit courtisan, ni la moindre ambition, j'étais devenu l'ami de M. le président de la République. Les choses étant ce qu'elles sont, comme l'a si justement fait remarquer le général De Gaulle son prédécesseur, des entrevues répétées avaient fini par donner à nos relations cette patine que seules l'estime et la sympathie apportent à des entretiens à condition qu'elles soient réciproques. Sans devenir le moins du monde familier, le ton de nos conversations avait pris une tournure souple, empreinte de cordialité. Plus je pénétrais dans l'intimité du grand homme, plus je l'appréciais; quant à lui, il semblait goûter mon langage franc et massif, mon humour en caleçon, mes boutades en cale sèche, bref, cet esprit de liberté caracolante qui est le mien. J'avais la réconfortante impression de le distraire quelque peu des devoirs de sa charge bâtée et de lui faire oublier un moment les abominables cons qui se pressaient à l'Elysée comme des grains de caviar dans leur boîte.

Il lui arrivait de me visiter, en douce, après s'être fait précéder d'un coup de fil furtif. Il survenait, emmitouflé dans un cache-nez de trois mètres, le col du pardingue relevé, coiffé d'un de ces feutres taupés à très large bord qu'il affectionne depuis déjà bien longtemps, pour des raisons qui doivent relever de sa prime enfance, je suppose, car sinon pourquoi diantre se déguiserait-il en shérif, tu peux me répondre ?

Sa garde rapprochée l'attendait dans le salon de réception de mon P.C. des Champs-Elysées tandis que je l'entraînais jusqu'à mon confortable bureau. Là, je mettais des disques de Tino Rossi à chauffer sur l'électrophone, et je lui servais un verre de limonade très fraîche car il adore ce breuvage. Confortablement installé au creux de mon meilleur fauteuil, il m'interrogeait sur la vie, je lui racontais tout. De mon côté je risquais des questions sur l'Univers, et il me laissait entendre l'essentiel. Il ne me parlait jamais de ses projets, car peut-être n'en avait-il pas qui fussent servables, étant de ces chefs modernes qui cuisinent dans des fours à micro-ondes, à la demande et en trois minutes.

Il aimait mon petit commando de choc, ce minuscule Etat dans l'Etat policier (1) dont il avait patronné la création. Nous constituions, mes camarades et moi-même, son jouet secret.

(1) *Lire absolument :* Les deux oreilles et la queue, *qui est une œuvre de grande classe, avec bidet à jet rotatif et thermostat incorporé ; en vente partout, et même ailleurs, à un prix très convenable.*

Grâce à nous, le président pouvait encore jouer aux petites voitures. Il nous réservait des missions marginales qui eussent fait rêver les auteurs des bons vieux *Nick Carter*. J'étais aussi comme un faucon dressé, perché sur le gantelet gainant sa main de prélat. Il me désignait la proie, me donnait une caresse sur le plumage et m'invitait à l'envol.

Mieux encore qu'amis, nous étions devenus complémentaires. J'ignore, grâce à Dieu, la vanité, mais l'illustre sympathie du personnage me chauffait la tripe comme un vin capiteux. Bref, je l'aimais. On finit toujours par aimer ce qu'on connaît bien : les lieux, les gens, les habitudes, voire même sa vérole quand elle n'est pas trop turbulente. Tout ce qui est hautement répétitif nous investit bon gré mal gré.

Il avait une manière de papilloter des paupières en me parlant qui éveillait en moi l'esprit de complicité. Je me disais alors qu'il était armé pour mentir, mais qu'il renonçait à ce privilège en ma faveur et, plus que le reste, cette sorte de générosité m'était enthousiasmante.

Comme toujours, lorsqu'un être se sent à l'aise, le président s'abandonnait. Il doléait volontiers, car les grands de ce monde ne peuvent se plaindre qu'à bon escient et seulement à des interlocuteurs triés sur le volet. Les mains croisées sur son ventre, le regard perdu dans sa réussite, il me confiait à quel point son environnement de gauche le faisait cruellement chier, ces gens se croyant obligés de s'appuyer sur la pureté. Ils devenaient, à force de goût de l'exemplarité, des sortes de prêtres laïcs, contestant tout ce qui semblait inconforme à la doctrine.

Il enviait, m'avouait-il, son prédécesseur auquel ses idées libérales, son sang réputé bleu et son parler irréversiblement seizième permettaient de pratiquer une politique de gauche sans avoir l'air de tout chambarder. La France se gérant obligatoirement au centre, lui devait se battre avec tout le monde et employer de harassantes ruses pour faire admettre aux uns qu'il était des leurs et aux autres qu'il faisait seulement semblant.

Ces joutes, passes, feintes, ruses et autres voltes mettaient ses nerfs à rude épreuve ; c'est pourquoi il aimait se laisser aller dans mon bureau, sirotant son verre de limonade (j'en avais déniché de l'excellente : goût d'avant-guerre) en m'écoutant ou, ce qui était encore mieux, en écoutant Tino Rossi. Il avait une préférence marquée pour *Le plus beau tango du monde.* J'ai vu perler des larmes à ses cils quand le Corse aimé entonne *Près de la grève, souvenez-vous, des voix de rêve chantaient pour nous.* Je devinais que ce gazouillis éveillait en lui des souvenirs heureux et son émotion me gagnait.

Sans doute m'étends-je un peu trop complaisamment sur ce chapitre du président, mais ses visites étaient pour moi culminantes.

Un détail, pour bien marquer notre degré d'intimité : je lui donnais des conseils à propos de son maintien. Il avait la fâcheuse habitude de boutonner son veston en toutes circonstances, ce qui marquait un peu trop son ventre présidentiel ; aussi le suppliais-je de garder sa veste ouverte, ou alors d'essayer du « croisé », lequel emballe mieux bedaine et bourrelets.

Comme il adorait se vêtir en clair, je lui conseillais de résister à cette envie. Dans les manifestations officielles, il était le seul à porter des couleurs beigeâtres ou gris ciel, et cette différenciation ne jouait pas en sa faveur. Il avait l'air du cousin de province débarqué dans une réception sans savoir que le nœud pap' ou pour le moins le bleu croisé étaient obligatoires. On avait envie de lui prêter des fringues, au débotté, comme Lasserre vous prête une cravate si vous vous hasardez chez lui en col ouvert.

Un jour que je jugeai bêtement propice, je fis allusion à son chapeau à la con, mais je vis saillir ses mâchoires romaines, rouler son regard de statue et je fis lâchement marche arrière, sentant bien que je me hasardais en terrain miné.

Par contre, il était plus ouvert à mes remontrances concernant sa démarche. Elle était trottinante et donc peu apte à passer des régiments en revue. Lorsqu'il arpentait le front des troupes, il ressemblait à un petit rongeur frileux, mal à l'aise en terrain découvert et pressé de retrouver ses pénombres. Le président écoutait mes critiques en souriant, l'œil mi-clos sur ses mystères. Parfois, il soupirait :

— C'est que ça n'est pas commode, vous savez, Antonio, pas commode du tout.

Dans le fond, il aurait voulu faire écrivain au lieu de faire président. Quelques ouvrages qu'il avait publiés, au fil de sa patiente carrière, promettaient des pages qu'il souhaitait tenir un jour. Il se consolait en songeant qu'un septennat ne représente qu'un dixième de vie humaine et que ce n'est pas la mer à boire. Somme toute, il pouvait encore s'espérer un avenir.

Ce fut au cours de sa plus récente visite qu'il me colla sur les côtelettes ce que j'appellerai « L'Affaire Al Kollyc ». Je m'en serais grandement passé.

La chose se fit au détour d'une ambiance. Tino filait la note sur l'admirable *Laissez-moi vous aimer*; des bulles de gaz trépignaient dans le fond du verre présidentiel. Nous avions parlé de journalistes femelles particulièrement douées, dont il aimait qu'elles l'interviewassent dans sa campagne du fond de la France. Le président me confia qu'il leur proposait chaque fois une promenade à bicyclette. Eberluées, elles l'acceptaient. Il les entraînait alors à toutes pédales vers de poétiques bergeries, sous les regards bienveillants des buissons truffés de C.R.S. Il les trouvait intelligentes, drôles et délicieusement salopes ; si bien qu'après cette mise en condition, le travail de ces dames devenait un papotinage exquis.

Bref, bon, très bien, nous avions évoqué, disais-je, cet aspect du journalisme, quand, soudain, il me mit la main à plat sur la poitrine, comme s'il voulait s'assurer que je ne portais pas un pacemaker.

— Mon cher ami, me dit-il, la Maison-Blanche m'a adressé un message bizarre, je tiens à vous le montrer.

Il sortit son porte-monnaie à soufflet de sa poche. Il s'agissait d'un objet de cuir noir ayant la forme d'une paire de testicules octogénaires. Cela avait deux rabats fermant chacun par une pression.

Il en souleva un, ce n'était pas le bon. L'autre lui permit d'accéder à une feuille de papier tel qu'on en utilise dans les télex et autres conneries du genre, c'est-à-dire que cela ressemble à du papier, que cela a la couleur du papier, mais que c'est du papier sur lequel on ne peut écrire à la main, ce qui lui ôte sa qualité de papier.

Il le déplia posément, lissa sur son genou la feuille ainsi obtenue et me donna à lire des caractères pâles sur fond pâle sortis d'un ventre cybernétique.

Je pris connaissance du poulet.

CXWB/1896 K 00 — Washington à CHERIDE-LUIMEME — ELYSEE-PALACE Paris.

Source confidentielle apprenons que célèbre gangster Al Kollyc ancien chef Mafia U.S.A. se trouve Paris en vue rencontre avec chefs Brigades rouges. Opération projetée contre Président Français. Kollyc descendu chez ami à lui César Césari-Césarini Avenue Foch 190. Bonne chance. Perspective 7.

— Intéressant, fis-je à mon hôte.

Il eut un rire auquel seules ses molaires participèrent.

— N'est-ce pas ?

— Vous avez alerté les services de haute sécurité, monsieur le... ?

— Ma sécurité, ma vraie, c'est vous, Antonio ! répliqua l'Auguste.

Un tel honneur, à bout-le-pourpoint et à brûleportant ! Moi qui n'ai même pas la Légion d'honneur... Tu réalises ?

Je restis sans souffle.

Il me surveillait par-dessous ses stores vénitiens, d'une œillée gourmande.

— Vous allez vous occuper de cette histoire, trancha-t-il.

Puis il regarda sa montre.

— Je dois vous quitter pour aller faire pratiquer mon bilan médical semestriel, mon cher Antonio. Ça tombe bien : votre délicieuse limonade m'a justement flanqué envie de pisser ; la dernière fois, j'ai dû penser très fort au jet d'eau de la rade de Genève pour leur accorder les quelques centilitres d'urine qu'ils me demandaient.

Il me tendit sa dextre. Je plaquai la mienne contre. Ce fut bref et simple, mais intense. Après quoi il trottina hors du bureau.

— Plus larges, les pas, président ! le rappelé-je à l'ordre.

Il acquiesça en souriant et s'en fut comme s'il s'entraînait au ski de fond.

Il me faut à présent demander pardon à mon lecteur d'avoir écrit plusieurs pages dans un français passable, moi qui viole ma chère langue maternelle plus souvent qu'à son tour. Mais tu dois bien comprendre et admettre, ami et très cher compagnon de dérapages plus ou moins contrôlés, qu'on ne peut charabier lorsqu'on parle d'un président de la République française, quand bien même il vous honore de son amitié. L'Histoire se manipule avec des pincettes et des gants blancs. Je suis un insolent qui respecte les institutions. Mes blasphèmes ne sont que plumes au cul, froufrous et pieds de nez, je le reconnais volontiers. Mon numéro de ventriloque a des limites. La concordance des temps ne saurait passer par l'œsophage.

Après que le président m'eut quitté, caparaçonné de gardes du corps, j'alertis mes propres effectifs.

Je te rappelle, ou t'apprends, pour le cas où mon somptueux ouvrage intitulé *Les deux oreilles et la queue* aurait échappé à ta vigilance, que mon équipe se compose de Béru et Pinaud, bien sûr ; de Mathias, cela va de soie ; mais aussi d'un jeunot aussi surdoué qu'il est cradingue : Jean Lurette, lequel ne se lave jamais et ne se nourrit que de chewing-gum. Le Vieux, le très cher et vénérable Vieux, nous prête main blanche à l'occasion afin de ne pas la perdre tout à fait dans le farniente d'une retraite dorée.

Ce jour de décembre, Pinaud était au lit en compagnie d'une forte bronchite et Béru assistait aux funérailles du maire de Saint-Locdu, son village natal. Mathias avait rendez-vous avec je ne sais quel fonctionnaire du fisc afin de discuter les abattements que lui valaient ses dix-sept ou dix-huit rejetons. Je me trouvais donc seul avec Jeannot. Je l'appelis dans mon burlingue où flottait encore l'aura de mon Auguste et, sans un mot, lui tendas le message que ce dernier m'avait remis.

Tandis qu'il en prenait connaissance, je contemplis le garçon. Il portait un jean décoloré sur le devant par des mictions bâclées, un pull vert plus troué qu'un harmonica, et un blouson sans manches taillé dans je ne sais quelle peau d'animal mort, qui fouettait le bouc tibétain et le bac à friture surmené.

Il mâchait inexorablement cette charognerie de *gum* qui passe pour être la plus belle conquête de l'homme après le cheval et la pénicilline, en produisant un petit bruit de chaussures neuves.

Il relut plusieurs fois le texte, le déposa sur mon sous-main et demanda :

— C'est quoi « Perspective 7 » ?

— Probablement le nom de code du responsable des Affaires étrangères au Pentagone.

Lurette changea son chargement de caoutchouc de joue et dit :

— Ces mecs, ils sont mômes ou ils sont cons ?

— Ils sont américains, répondis-je.

— Vous connaissez le Al Kollyc dont il est question ?

— De réputation. C'est un des beaux visages du superbanditisme d'outre-Atlantique, comme disent les journaux.

Lurette gratta ses couilles à travers le jean tendu qui, justement, les meurtrissait.

— C'est à nous de jouer, patron ?

— Oui, mon garçon.

— Je commence par César Césari-Césarini, je suppose ?

— T'as gagné la question à dix balles.

Il se leva, remisa à nouveau ses testicules tarabustés, prit son feu qu'il enquilla dans son dos, boutonna sa chèvre tibétaine (car après tout, il s'agissait peut-être bien d'une femelle) et gagna la lourde.

— A t' à l'heure, me prit-il congé.

Je resta seul ; songeur.

Nous étions le 31 décembre. On devait réveillonner le soir à la maison. Juste entre nous. J'avais acheté un sautoir en or pour m'man chez un bijoutier spécialisé dans l'ancien. Il mesurait deux mètres quarante ; pas le bijoutier, le sautoir. Je savais que ça lui ferait plaisir, à ma vieille, cette chaîne qui aurait pu appartenir à sa grand-mère. Faut pas hésiter à se confectionner des souvenirs de famille lorsque les siens sont insuffisants. Chez nous autres, tout a été dispersé et notre arbre généalogique ressemble à un bonsaï japonais.

Pour Toinet, j'avais fait l'emplette d'une bagnole de police téléguidée ; et je n'avais pas oublié notre bonniche espanche à qui je destinais un foulard Hermès que ça représentait une corrida, olé !

Ça baignait.

Je me sentais cool. On boirait une boutanche d'Yquem (mon pied) avec le foie gras. C'est-à-dire que je me cognerais la boutanche presque à moi tout seul, m'man ne buvant presque pas, et la Conchita n'étant pas apte à apprécier un tel nectar. Je lui en avais fait déguster un jour de liesse et cette vertigineuse conne avait fait la moue en disant comme ça :

« — *Azucarado ! Azucarado !* » (Sucré ! Sucré !)

Sucré ! Enfoirée, va !

Je mis ces délices du soir dans un coin de mon esprit, puis appelai la Maison Poupoule, histoire de me rencarder à propos du dénommé César Césari-Césarini.

J'appris que le dénommé gagnait son caviar en exploitant trois ou quatre boîtes de nuit dont la plus huppée, *Le Grand Vertige,* s'honorait d'une clientèle surchoix. Il traînait un casier judiciaire point trop chargé : proxénétisme, une douzaine d'années plus tôt, et aussi meurtre en état de légitime défense sur la personne d'un truand qui avait voulu le racketter comme un branque. Césari-Césarini était sorti des assiettes la tête haute. De temps à autre, il bouffait à la Grande Gamelle, histoire de rester en bons termes avec les Roycos. Bref, c'était un père peinard du Milieu, plus exactement de sa frange, et on l'imaginait mal trempant, à soixante et mèche, dans un coup fourré fracassant.

De songeur, je devins perplexe.

Une nana me rendit visite, fidèle à sa promesse ; une dénommée Gretta, belle Allemande aux cheveux d'or et au regard de faïence. Pour la divertir, je l'embroquai sur mon bureau après une mutine séance de minouche parisienne. Elle avait les deux pieds sur les accoudoirs de mon fauteuil. Moi je restai assis, les coudes sur le burlingue, kif le gazier qui dirige la tour de contrôle de Roissy-Charles-de-Gaulle, à lui pousser une tyrolienne de bègue en javanais.

Bon, tout ça... Je t'apprends rien. On a ses secrets, sa méthode, Descartes avait bien la sienne et il faisait plus de discours que moi à son propos. La môme regrettait pas d'avoir franchi le Rhin, au contraire, elle criait *Sehr gut, sehr gut* à s'en claquer les ficelles.

Ensuite, y a eu après, comme dit Béru, une chevauchée héroïque. Elle à plat ventre sur le sous-main. Tous derrière et lui devant, comme le petit cheval à Paul Fort. Très beau steeple. A un moment, au plus ardent, le téléphone a sonné. J'ai décroché. C'était Mathias qui demandait s'il pouvait garder le reste de son après-midi pour d'ultimes achats. Sans cesser de limer ma Gretchen, je lui ai accordé la permission. Un 31 décembre, si on ne se montre pas tolérant, hein ? *Fraülein* Gretta trépignait du fion, je me suis grouillé de raccrocher pour envoyer mon message de fin d'année.

Après quoi la gosse est allée voir ailleurs si ma zifolette à col roulé y était. C'était une demoiselle pas compliquée, une sensorielle plus qu'une véritable sensuelle. Elle aimait le paf, la tringlette sans préalables casse-bonbon ni postface mondaine. « Bonjour, tu es prêt ? Hop ! En selle ! Et puis ciao, bambino, tes transports valent ceux de la R.A.T.P. A bientôt ! » C'est pas de l'amour, c'est mieux que de l'hygiène et ça ne mange pas de pain. Pas d'usage prolongé sans avis médical.

Un quart d'heure après l'en-allade de Gretta, Lurette a refait surface. Il avait l'air d'un rat d'égout, cradingue comme jamais, à grignoter son hévéa. Mais son regard d'un peu vermine scintillait.

— Je finis bien l'année, patron, m'a-t-il annoncé.

Il bichait comme les poux qui devaient faire les fous dans sa tignasse.

Dans le fond, il restait un môme. Sa crasse protégeait ce qui restait d'enfance en lui. Il me faisait songer à un jeune maçon italien au chômage.

Je pris une posture commode pour écouter son récit. Lurette me conta alors qu'il s'était rendu directo à l'hôtel particulier de Césari-Césarini. Une cour sans prix, pavée de granit rose et cernée de treillage vert à quoi grimpait du lierre, était offerte, portail béant. Un chauffeur lavait une énorme Mercedes 600 qui aurait dû gagner la dernière guerre. Lurette feignit d'admirer le véhicule, posa des questions pertinentes à son sujet. Comme tous les chauffeurs, l'homme était amoureux de sa machine ; il en parla complaisamment. Lurette proposa alors de passer la peau de chamois, juste pour le plaisir de caresser les chromes du monstre. Son interlocuteur accepta, ravi. Bref, quarante minutes plus tard, mon précieux collaborateur savait tout ce qu'il fallait savoir sur Césari-Césarini et son copain yankee.

L'essentiel étant que ces messieurs avaient un rendez-vous important le soir même au *Grand Vertige* où ils devaient fêter le Nouvel An.

J'eus une pensée pour le sautoir de Félicie, la voiture téléguidée d'Antoine et le carré Hermès de Conchita, plus un soupir nostalgique en songeant au Château-d'Yquem qui allait poireauter une nuit entière au frigo.

— As-tu un smoking, Jeannot ? demandé-je en

commençant de composer le numéro de chez nous.

Il me regarda comme si je lui eusse demandé si ses parents étaient sénégalais ou s'il avait un frère siamois dans le commerce de gros.

— Quelle idée ! s'exclama le jeune inspecteur. Je ne suis pas maître d'hôtel !

Je me mis à la verticale ; la partie de baisanche avec Gretta m'avait un peu mouliné les rognons.

— Allons jusqu'au passage du Lido, lui dis-je, je vais t'en offrir un pour tes étrennes.

On put nous dénicher deux couverts au *Grand Vertige* où nous nous présentâmes sur les choses de 22 heures. La salle était joliment décorée de toutes ces scintilleries qu'on colle un peu partout à l'époque des fêtes pour que ça fasse joyeux. Tout juste si on n'avait pas cloqué une branchette de houx dans le frifri des entraîneuses platinées. Le *Grand Vertige* est un vaste cabaret, bourré de velours bleu, de colonnettes dorées, de moulures plâtreuses et de luminaires vénitiens. Les gens huppés trouvent ça folklo et les autres pensent débouler dans un haut lieu du luxe.

Un orchestre de Noirs en smokings blancs concassait du jazz. La société était smart ; les femmes saboulées comme des mannequins de *Vogue* avaient été harnachées par Cartier ; le champ' coulait aussi fort que le Drac à la fonte des neiges. Pour une sacrée ambiance, c'était une sacrée ambiance. Le menu y allait grand train : caviar gris, filets de rougets au basilic, poulet à la diable, morilles à la crème, carré d'agneau, le brie de Meaux dans sa crèche, glaces aux marrons, pièce montée Année Nouvelle.

Je me suis rendu au téléphone pour chougnarder un peu ma vieille mère, la consoler de mon faux bond, l'assurer que nos grandes réjouissances auraient lieu à midi, demain. Qu'en rentrant j'irais lui souhaiter la bonne et heureuse dans son lit. Evidemment, j'avais prétexté le boulot, mais ça viornait si fort au *Grand Vertige,* musique et rires entremêlés composaient un tel brouhaha qu'elle me croyait à demi, bien que j'eusse juré sur la mémoire de papa.

En revenant à notre table, j'ai retapissé celle de mes deux forbans. Je m'étais fait amener leurs photos de la Maison Pébroque, et ça facilitait leur identification.

César Césari-Césarini était un petit gros déplumé, avec un bide de bouvreuil et des paupières en lézard. La couperose lui ravageait la gueule, sévèrement. Quand il riait, ses ratiches en jonc, ancien modèle, en jetaient comme dans les dessins animés quand on ouvre les coffiots de la caverne d'Ali Baba. Son pote, le Ricain d'origine irlandoche, trimbalait au contraire une frime allongée, aux cheveux d'argent bouclés serrés. Il donnait de l'air à Charles X, ce grand compassé qui ne régna que six ans, mais ç'a été bien suffisant, merde ! Al Kollyc semblait figé comme un mannequin de la Samar, pas joyce le moindre pour un 31 décembre. Peut-être qu'il nostalgeait d'être seulâbre en Europe, loin des siens. Mais avait-il des « siens » ? Sur son plastron immaculé, il arborait des diams au lieu des perlouzes classiques ; la moindre des choses ! Y a des mecs qui ne se refusent rien. Je pensai au nombre de chiares tiers-mondistes qu'on aurait pu nourrir jusqu'à leur majorité avec le prix de ces quatre cailloux flamboyants. Enfin, tout ça se tassera un jour, avec ou sans infusion de sang, comme assure le Gros.

Lurette, dans son smok, ressemblait à un garagiste qui aurait épousé la demoiselle du château. Il ne s'était toujours pas lavé et sa tignasse d'arsouille était garnie comme un sapin de Noël de brins de serpentins et de petites boules cotonneuses car, pendant que je roucoulais à ma vieille, de belles créatures en bas résille et gibus avaient distribué du cotillon à outrance, ce que j'appelle, moi, la litière des fêtards parce qu'après la fiesta cette indescriptible joncherie fait ressembler la salle à une étable.

Peut-être te poses-tu des questions quant à notre présence au *Grand Vertige ?* Tu te demandes pourquoi j'ai largué m'man et le joyeux réveillon familial pour venir prendre des langues de belledoche dans le pif au milieu d'un tas de connards en liesse ? Me faut donc te préciser que le chauffeur de Césari-Césarini a confié au petit Jeannot que le pote amerloque du boss ne débandait pas de chez lui depuis son arrivée et qu'il sortait cette noye tout à fait exceptionnellement pour rencontrer du monde. Ce qui t'indique qu'en choisissant le gars Lurette comme archer, j'ai fait une acquise de classe. Tirer les vers du nez au driver d'un arcan, le temps de fourbir les chromes de sa Mercedes, demande une sacrée dose de psychologie et une rare technique. Conclusion, la soirée d'Al Kollyc, c'était le truc à ne pas rater. D'où mon cruel sacrifice. Seulement quand tu jouis de l'amitié d'un président, t'as pas le droit de mégoter.

On a clapé le caviar sans mal (il n'était pas servi à la louche) et ensuite les filets de rougets. C'est alors que deux personnages ont gagné la table des chefs. Ils se signalaient à l'attention générale du fait qu'ils ne portaient pas le smok, mais du costar à rayures blanches et grises, vachement rital des années 50. Bruns, les favoris épais, les sourcils en chevaux de frise au-dessus du regard d'aigle, ces deux gugus frappaient par leur jeunesse. Ils n'avaient, pas plus l'un que l'autre, dépassé vingt-cinq piges. Et pourtant une grande dureté se lisait sur leurs vitrines et dans la lourde autorité de leurs gestes.

Césari-Césarini les a présentés à la société. Les deux julots baraqués armoires ont pris place face à Al Kollyc.

Le bouffement s'est déroulé sans incident. Musique, attractions, ballets culiers des girls maison. Minuit approchait, une présentatrice simplement vêtue d'un grain de beauté sur la cuisse gauche est venue stopper les converses pour annoncer qu'on allait franchir le mur de la nouvelle année et que son pote le batteur de la formation allait égrener les douze coups fatidiques. Au douzième, ç'allait être la bisouille générale. D'accord ? Un coup de cymbale ! Une partie des lumières s'est éteinte. Deuxième coup ! L'électricité a continué de s'escamoter. Au dixième, la salle entière était plongée dans le noir. Onze ! Douze ! Baoum ! Le batteur a dû mettre toute la sauce car le bruit a été énorme. Les convives ont bramé comme des cons. Puis ils se sont embrassés en poussant des clameurs de gens déjà schlass. Confusion ! Joie du champagne ressortant à grandes bullées sonores. La plupart rotaient en se congratulant.

La lumière est revenue. Et puis on a entendu des cris qui n'étaient plus tout à fait de joie. Et puis le silence s'est fait, comme descend la marée.

Et puis c'est devenu impressionnant en plein. Des chuchotis ont repris... Ça faisait cercle autour de la table des caïds, et ce cercle s'agrandissait. Et une rumeur bourdonnante s'est levée, comme le vent du nord qui commence par un léger coup de semonce dans les branchages et qui s'enfle jusqu'à tout saccager parfois.

J'ai fendu la foule, poussé par un pressentiment. Quand je me suis trouvé aux premières loges, j'ai vu Al Kollyc affalé à la renverse sur le plancher, en Z parce qu'il était tombé sur sa chaise. Un énorme trou rouge transperçait sa poitrine. On ne voyait plus briller que deux de ses quatre boutons en diamant. Il était soudain ravagé par la mort, presque vert, presque en marbre.

— Ne touchez à rien ! me suis-je écrié. Police !

J'ai lancé ça machinalement.

Un réflexe conditionné, on appelle ça.

CHAPITRE 01

Il n'était guère difficile d'établir la trajectoire de la balle. Suffisait de redresser le mort avec sa chaise et d'aller bien droit. Ce mouvement conduisait à une loggia située à gauche de la scène. Elle ne servait à rien, n'étant là que pour créer une ambiance théâtre. Elle n'avait pas plus d'un mètre de profondeur et comportait des rideaux de la même matière que le rideau de scène, dans les tons bleu et or. D'ailleurs, une autre loggia toute pareille lui faisait face, mais elle, hébergeait du matériel de sono. Le fusil à lunette infrarouge était là, abandonné. Le meurtrier avait dû se tailler rapidos son coup de feu tiré : il ne s'était pas passé plus de trois ou quatre secondes avant que la lumière se rallume ; le temps d'enjamber la balustrade garnie de velours et l'homme (je supposais que le tueur était de sexe masculin) se retrouvait au cœur de l'assistance trépignante qui gueulait n'importe quoi et s'entr'embrassait. Il n'avait qu'à se jeter dans le paquet, tel un rugbyman dans la mêlée. Ni vu, ni connu.

Sur l'instant, face à tout ce trèpe déjà poivré, la

tâche me parut lourdingue. Seul avec mon petit Lurette, j'étais vachement débordé. Alors je grimpai sur une table après avoir chuchoté à Jeannot de se placer devant la sortie pour empêcher quiconque de se tailler. Et, superbe dans mon smok bleu nuit, je haranguai les soiffards.

— Mesdames, messieurs, je leur dis-je, je vous prie de garder votre calme et surtout de rester à la place que chacun de vous occupait avant les effusions ; toute personne qui ne souscrirait pas à ma requête s'attirerait de gros ennuis, ce qui serait navrant pour un début d'année. Le personnel de l'établissement est prié de se rassembler devant l'orchestre et d'attendre mes directives. Que le chef de réception vienne me rejoindre.

Un grand gonzier en smok blanc, avec un crâne déplumé et un menton comme un marteau de savetier, affublé de grosses lunettes manière Harold Loyd s'est approché. Je me suis accroupi et lui ai donné le numéro de la Rousse qu'il devait alerter de ma part. Avant qu'il se taille en direction du turlu, je lui ai dit de m'envoyer dare-dare le maître d'hôtel qui s'occupait de la table de Césari-Césarini.

J'avais déjà repéré l'intéressé, un bonhomme déjà vieux, lent et compassé, qui faisait penser à un bedeau pour grande église bourgeoise. Alerté par le chef de réception, il vint à moi, majestueux malgré les tragiques circonstances, avec la démarche d'un chef d'orchestre retournant saluer.

Histoire de l'impressionner, je lui montras ma carte, mais il n'y fit pas davantage attention que s'il s'était agi du couvercle d'un pot de yogourt traînant sur le trottoir entre deux étrons canins.

— Qui a fait la table de M. Césari-Césarini ? je lui demandis.

Une lueur flétrisseuse passa dans son regard de vieux con blanchi sous l'habit.

— Un menuisier, je suppose, me réponda-t-il.

Non, mais tu te rends compte ? En un pareil moment, se payer ma frime aussi bassement ?

Ce fut plus fort que moi. Je glissai quatre doigts de main droite entre son col amidonné et ses fanons fanés et tirai de toute mon énergie. Le nœud de soie blanc, le plastron gaufré, et cinquante centimètres carrés de chemise me restèrent dans la pogne. N'en ayant pas l'utilisation, je fourrai le tout dans la poche intérieure du chef loufiat.

Mon regard implacable, noir de rage, se planta dans sa face de méduse avariée.

— Tu continues sur ce ton et tu termines la noye en cabane, sans dentier et probablement aussi sans gencives, tu sais que je ne te mens pas, grosse gonfle, dis-moi que tu le sais avant que je t'envoie mon poing dans le portrait.

Il eut un piètre mouvement approbateur.

— Maintenant, réponds correctement à la question que je t'ai posée !

— Eh bien, c'est... c'est le patron qui a fait la table.

— Césari-Césarini ?

— Oui.

— Sous quelle forme ? Des petits cartons préalables ?

— Non, il a placé son monde comme ça, au dernier moment.

A cet instant je perçus un bruit d'échauffourée en provenance de l'entrée. Je sautai de mon perchoir pour courir dans cette direction. Un coup de feu claqua ; je me pressis davantage. Je trouvai alors mon petit Lurette tout pâle, la manche de son veston fendue sur quarante centimètres au moins. Son bras saignait. Lui tenait encore son feu à la main, tout chaud, tout fumant.

— C'est les deux types en complet rayé, Patron, me dit-il, ils ont dû arriver en rampant. Ils se sont brusquement jetés sur moi, l'un avec un couteau. Il a essayé de me le planter dans le baquet, j'ai juste eu le temps d'esquiver, pas complètement toutefois. Je crois l'avoir atteint, il a poussé un cri et a marqué un temps d'arrêt avant de sortir.

— Je reviens, mon lapin.

Et je couris à perdre ma laine jusqu'à la rue. Des bagnoles passaient, en folie ; leurs conducteurs se jouaient mutuellement « ta tagada gada tsoin tsoin » au klaxon prohibé, pour marquer l'ivresse de cette nouvelle année qui allait leur apporter un plein chargement de merde en tout genre, ces nœuds : accident, maladie, chômage, cocufiage, compte à découvert, rappel d'impôts, voisins grincheux et j'en passe, t'auras qu'à remplir les blancs. Mais enfin un chiffre venant de changer au calendoche, tous les espoirs leur étaient permis : fortune, santé, troussées géantes sous les palétuviers roses, promotions en tout genre, Légion d'honneur, honneurs par légion, présidences de ceci, cela. Ils s'enivraient d'espoir.

Je me dis que certains ne finiraient même pas la nuit, comme Al Kollyc, par exemple.

Mais les hommes, tu peux toujours courir pour les faire croire qu'ils baignent dans la gadoue : le cancer du fumeur, bobonne qui décarre avec un fringant julot, la bagnole sous un camion, fifils qui se came, fifille qui pompe tous azimuts, c'est pour les autres, les paumés malchanceux. Eux, ce qui les guette, c'est la gloire pur fruit, pur sucre, sans édulcorant ni colorant d'aucune sorte. Ils pataugent dans les apothéoses probables, ruissellent d'honneurs en préparation. Les biftons gagnants de la Loterie, irrésistiblement ils iront les acheter *mañana,* pas mèche de faire autrement. Ils voudraient passer outre que la chance les leur fourrerait d'autor dans les vagues. La veine, quand elle t'a à la chouette, pas la peine de feinter : elle te chope sans vergogne. Ils braillaient par les portières ouvertes comme s'ils en étaient les auteurs, de ce 1er janvier ; comme s'ils l'avaient fabriqué à la main, kif kif le facteur Cheval a bâti son édifice à la con. Le lendemain, personne n'y penserait plus. Le 2 janvier, c'est le Poulidor de l'année.

Enfin quoi, faut les laisser à leur innocence. Le jour où ils morflent en pleine poire, ils sont à la hauteur, dans l'ensemble. Ils assument pas mal, tout compte fait. La loi de soumission qui joue les aide. Ils prient le Bon Dieu et s'arrangent du reste. Exister, c'est pas tellement simple ; chacun se comporte comme il peut. Chacun s'efforce de devenir humble quand y a vraiment plus moyen de faire autrement.

Et je pensais plus ou moins ces lieux communs en galopant comme un qu'a des ratés. Les deux vilains en gris venaient de claquer la lourde d'une chignole et se taillaient déjà en trombe. L'espace d'une chiquenaude et j'enregistra une chiée de faits. Primo : la voiture est une Citroën noire immatriculée à Paris, son premier et son dernier chiffre sont 1 et 8 (méthode santantoniaise) ; deuxio le blessé est très blessé car il n'arrive pas à rentrer ses cannes dans la tire ; troisio, inutile de vouloir s'interposer, le conducteur est en transe et passerait sur un rang d'école maternelle sans hésiter ; quatrio, ma propre pompe est garée à deux rues d'ici, alors le temps de la récupérer et mes malfrats seront déjà à l'autre bout de Pantruche ; cinquio, le blessé a perdu quelque chose que j'aperçois d'ici au bord du trottoir.

Je couris à l'objet mentionné. Il s'agissait d'une enveloppe Kodak jaune contenant un paquet de photos. L'éclairage de la rue n'étant pas propice et le temps pressant, je les enfouillis.

Lurette dégueulait sur les marches du *Grand Vertige.* Il s'était morflé un vache coup de saccagne dans le gras du bras. Je mobilisai le portier galonné comme Amin Dada et lui ordonnai de conduire aussi sec mon gars à l'hosto le plus proche. Là-dessus mes collègues du Quai se pointèrent et nous commencèrent sérieusement à boulonner.

Tu vas voir la suite, c'est pas triste.

CHAPITRE 1

Comme j'aime, dans les cas d'exception, avoir mon équipe à dispose, je lance des appels à mes différents archers, et avant tout à Mathias. Il radine, avec un air étrange, venu de chez lui et huit de ses lardons. Embarrassé, il m'explique que sa panthère rosse a fait un patacaisse de tous les diables en le voyant partir un soir de 31 décembre (plus exactement une nuit de 1er janvier) et n'a consenti à ce qu'il sorte qu'à condition qu'il prenne avec lui les huit aînés qui n'étaient pas encore couchés. Probablement est-ce la première fois dans les annales policières qu'un flic s'amène sur les lieux d'un assassinat, flanqué de huit mômes rouquins, avec des minois qui ont l'air martelés dans du cuivre rouge à force de taches de rousseur. Il les installe au bar du *Grand Vertige* où ce lycée Papillon d'un nouveau genre se met à écluser des Coca.

— Occupe-toi du fusil, lui enjoins-je. Empreintes, s'il y en a, calibre, signes particuliers, tout le chemelu ! Etudie aussi à fond la loggia pour s'il y aurait des indices...

Quant à ma pomme, j'ai déjà fait embarquer

César Césari-Césarini par deux inspecteurs jusqu'à mon P.C. des Champs-Zé. Qu'ils le mettent au secret dans le local situé près des lavabos et ne lui adressent pas un mot en attendant mon arrivée. Interdiction au taulier de bigophoner à qui que ce soit.

Après quoi, je m'occupe des gens de sa tablée. S'y trouvent : sa femme, une grande cavale peinte en guerre, et ployant sous le faix d'une joncaillerie à grand spectacle, son frère cadet, un lavedu à bouille d'ahuri, le genre fin de famille qui se laisse haler par les plus marles, la dame de celui-ci, autre pécore ressemblant à la devanture d'une bijouterie de quartier (mais surtout pas de Cartier), un monsieur bourré de tics, à la limite du hors-jeu, lequel, je l'apprends sur l'heure, est le vieux tonton de Castella-Nove. Et puis il y a encore un gars à frime de souteneur pour film « B », aux épaules trop larges, aux favoris trop touffus, qui doit servir de porte-flingue ou de porte-coton, selon les circonstances. Il n'arrête pas de maugréer, lançant des blasphèmes qui mettent en cause Notre Seigneur et les Siens, qu'au bout de cinq minutes je lui ordonne de la boucler vite fait qu'ou sinon. Alors bon, il la ferme, mais me roule des gobilles grosses comme ses poings pour me marquer son antipathie. Je me promets de le châtaigner avant la fin de notre bavardage. On est toujours trop bon avec les méchants. Si on était vraiment méchant avec eux, malgré notre bonté, peut-être deviendraient-ils bons à leur tour et pourraient-ils alors accéder au salut éternel ; on n'a pas le droit de les priver de cette chance.

Comme le zigominche continue un peu trop de

se croire vedette américaine dans *Chicago for ever*, tout en discutant avec Mme Césari-Césarini (qui n'a, en fait de culture que ses trois rangées de perles), je file un coup de boule dans les badigues du voyou : vraoum ! C'est si bref et si fort qu'il en reste comme sa photo radar. Et puis il se met à crachoter ses incisives tels des pépins de raisin.

A la vérité, cette tablée dite « des chefs », n'est guère prolixe. Personne ne sait rien sur personne. Tout ce que j'arrive à recueillir c'est qu'Al Kollyc, le défunt, est un vieux pote à César-Césarini. Ils se sont connus pendant la guerre, du côté du Monte Cassino. Lequel a sauvé la peau de l'autre ? J'arrive pas à le déterminer. Toujours est-il qu'ils se vouaient une amitié éternelle. Quant aux deux types en complet rayé qui ont fait la malle, onc ne les connaît. « Des amis d'Italie », a seulement annoncé le big boss. C'est une famille où la curiosité ne vous démange pas trop, ce qui permet de vivre vieux et en bonne santé. Qui a composé la table ? Mais César, *of course*. Les déclarations de ces braves gens recoupent celle du maître d'hôtel. Césari-Césarini a lui-même disposé son monde, mais de manière improvisée, semble-t-il.

J'ai conservé le mariolle pour la fin. Je l'entraîne dans la partie bar, là où la demi-tribu de Mathias écluse des boissons gazeuses. La manière qu'ils sont en déconnance, les chiares, me fait entraver qu'en fait de boissons gazeuses, ils ont passé la vitesse supérieure, et que, profitant de l'ambiance bracadabrande, ils ont largué le Coca pour le Dom Pérignon ! Le plus grand pisse dans un shaker, le plus jeune se cogne une assiette de caviar saupoudré de sucre en poudre, la plus moche des filles biberonne à même la boutanche de roteux avec une paille, et les cinq autres s'aspergent de Mumm Cordon Rouge après avoir secoué la bouteille et en obstruant du pouce une partie du goulot. Le vrai carnage ! Quand le *father* rentrera sa collection de tournesols *at home*, la mère Mathias le lapidera avec la vaisselle de grand-maman, puis demandera le divorce, ma main au feu !

— Alors, ça boume, les espiègles ? je leur demande.

— Vouaiais ! qu'ils me répondent.

— C'est beau, la jeunesse, non ? fais-je à mon casseur cassé.

Il continue d'effeuiller ses marguerites et de glavioter rouge.

Alors, je l'empoigne par ses revers et le juche sur le rade à l'arraché-jeté !

— T'es beau comme une marionnette, gars. Guignol, tu connais ? Tiens, moi je fais le gendarme, O.K. ?

Il me regarde comme un qui se questionne très fort pour savoir s'il ne va pas me lancer ses deux talons dans la gueule. De mon côté, je le visionne façon fakir Lûpanhar, afin de lui indiquer que je devine ses pensées secrètes et que ça me ferait vachement plaisir qu'il se laisse aller à les suivre. Alors, il se résigne et ses pattounes pendent contre l'acajou, inertes.

— Tu veux que je te dise ? je lui fais ; t'as une morphologie à trimbaler un rasif sur toi, ou une babiole du genre sacagne, me gouré-je ?

Je lance mes deux papattes pour palper ses

fouilles. Il m'a devancé et a interposé sa dextre sur sa poche droite. Dans l'action du jeu, je lui biche un doigt, je tire, ça casse. Il crie. Les enfants Mathias, bourrés comme des coings, se fendent le pébroque. Je coule ma menine dans sa vague et j'en ressors un rasoir pas dégueulasse, que le barbier de Séville aurait pu raser toute la ville gratis. Comme quoi ma perspicacité est confondante. Je promène l'objet sous le nez penaud du gus.

— Un rasoir ! Dans un smoking ! Mais où as-tu été élevé, bébé vert ?

Usant de la lame *aiguisée* jusqu'au-delà du possible, je découpe une fenêtre dans sa belle veste de cérémonie et son larfouillet choit, comme un parachutiste saute de l'avion transporteur.

Impudemment, je l'explore. Mon tortionné s'appelle Vincent (comme dans *Mireille*), Couchetapiane (comme dans la vérole). Natif de Gênes. Profession : secrétaire de direction ; décidément ils emploient des vocables bien pompeux dans le Mitan, de nos jours.

C'est la seconde éblouissante où une grosse et noble voix lance, du haut des marches gainées de moquette bleu roi :

— Et z'alors ! Et z'alors ! Qu'est-ce c'est qu' tout c'bigntz, bordel ?

Bérurier ! Stupéfiant de présence ardente, tout de noir vêtu, mais la trogne violacée par la suite des funérailles à m'sieur l'maire d'Saint-Locdu-le-Vieux, rotant, pétaradant, mains aux hanches, la cravate de traviole, la chemise déboutonnée jusqu'à la ceinture, l'œil comme deux fois le cher drapeau espagnol, c'est-à-dire jaune et rouge.

Une godasse délacée, une chaussette verte, l'autre noire. Un moignon de saucisson dépassant de sa poche supérieure ; beau, gras, intense.

Je l'hèle. Il descend à moi. Avisant mon « client », assis sur le bar, il lui balance une torgnole histoire de lier connaissance et de se « faire des phalanges ».

— Y m'dit rien qui vaut ! m'assure-t-il. Faut-il qu'j'l'entreprisse ? T'aim'rais savoir quoi ?

Tiens, l'idée n'est pas mauvaise.

— C'est cela, Gros, occupe-t'en, fais-lui dire tout ce qu'il sait à propos de la victime, le truand américain et des deux loustics ritals dont l'un a lardé le gars Lurette.

Sa Majesté opine, ôte son veston qu'il accroche au presse-citron à levier fixé au rade. Posément, il roule ses manches.

— Mais c'est la portée à Mathias, ces rouquemoutes ! s'attendrit-il. Pas encore dans les torchons à c't'heure induse ? C'est vrai qu'on est l'premier janvier.

« Bon, dégagez un peu la piste, mes p'tits albinos, j'ai b'soin de mes zaizes pour opérationner. Si vous voudriez prend' un' leçon d'interrogement, les garçons, au cas qu' vous feriez roycos plus tard, perdez-z-en pas une broque, l'tonton Béru, c'est l'top niveau question questionnaire. »

Je laisse l'éminent pédagogue à sa démonstration pour vaquer à des besognes d'ordre général.

L'ambiance est bizarre au *Grand Vertige.* Faut comprendre les clilles. Ils se sont saboulés à l'extrême, ont carmé mille tickets par tronche pour venir festoyer dans ce luxe bordélo-vénitien et leur belle noye façon moscovite-du-temps-des-tsars tourne au caca. Sang et lumière! voilà que ça grouille de flics. On leur réclame leurs fafs, et défense de sortir. Le mécontentement gronde comme un torrent souterrain. Mais l'homme, tu le connais? Il s'adapte à tout. Alors, les voilà qui se remettent à turluter et à discutailler. Les loufiats demandent la permission de renouveler le champ', j'accorde. Pas de raison de les faire tourner neurasthéniques une nuit comme celle-là.

Mathias a disparu derrière le garde-fou de la loggia, étudiant la moquette poil à poil.

Je biche un siège et m'installe à la table située devant celle-ci. Quatre personnes. La partouze chantée. Cadres supérieurement moyens, qui jouent à poéter plus haut que leur luth. Ça doit biberonner sec et, en fin de parcours, s'offrir une petite méli-mélodie en chambre. A trois, on frappe dans ses mains et les messieurs changent de partenaire.

— Pardonnez-moi, je leur fais-je en exhibant ma carte, juste quelques questions.

— Vous parlez d'une soirée! gronde le plus autoritaire des messieurs.

— J'en parle, dis-je, et parlez-m'en aussi. Permettez-moi de vous faire observer que ce n'est pas moi qui ai tué un homme, mais quelqu'un d'autre que j'ai à charge de découvrir. Je le regrette d'autant plus que j'ai une bouteille de Château d'Yquem et ma vieille mère qui m'attendent au foyer.

J'ai pas fini ma phrase que chacune des deux dadames se met à me faire du genou à tout va. Je laisse filer le câble...

Abondance de biens ne nuit pas, sauf quand les sans-culottes assiègent ton castel.

— Votre table est devant cette petite loge, dis-je ; or c'est de cette niche, purement décorative, que le meurtrier a tiré, utilisant un fusil à lunette infrarouge lui permettant de viser dans l'obscurité.

— Mon Dieu ! roucoule l'une des deux dames en déposant sa main, en secours, sur mon genou.

Très belle exclamation, révélatrice de sa parfaite éducation religieuse. Je lui souris. Sa main remonte en direction de ma grosse bêbête à moustache.

— Pendant toute la soirée, reprends-je néanmoins, l'homme est resté tapi dans la loggia, attendant la petite cérémonie des douze coups de minuit : on éteint, on égrène les secondes à coups de cymbale, puis on rallume. Tous quatre, vous étiez les convives les plus rapprochés, vous avez fatalement perçu la détonation et la fuite précipitée du type, quand bien même vous ne songiez qu'à vous souhaiter la bonne année. J'aimerais que vous regroupiez bien vos souvenirs et que vous me fassiez part de vos impressions. Vous, madame? dis-je à celle qui est en train de chercher (et de trouver) la tirette de ma fermeture Eclair pantalonnière.

Elle suspend son viol.

C'est une fausse rousse, mais vraie salope, avec des yeux fauves et une robe en lamé qui a failli n'être qu'un tutu. Elle entrouvre la bouche avant de parler, me montre son bout de langue prêt à tout, derrière des lèvres plus conséquentes que celles de son frifri.

— Oui, j'ai entendu une détonation, j'ai cru qu'on faisait exploser un pétard pour marquer l'an neuf.

— Et le gars qui enjambait la balustrade?

— Rien remarqué.

— Et vous, deuxième et jolie madame? m'adressé-je à la seconde, une brune dite piquante, coiffée court, façon garçonne, et je te passe pas le grain de beauté tapageur, style Pompadour (et pompons-la bien) qui trône sur sa pommette gauche.

Comme sa potesse (laquelle me masse le Nestor folâtre avec témérité), elle a pris la détonation pour l'explosion d'un pétard (le sien n'a pas l'air mal) mais elle est en mesure de m'en apprendre davantage sur le meurtrier; je vais t'expliquer, mais auparavant, permets-moi de te signaler, cher lecteur ou trice de mes deux, qu'à l'instar de son amie, la voilà-t-il pas qui m'avance sa pattoune en terrain chibré! Tu parles de dévoreuses! La grosse goinfrerie! Et moi, quand je quitterai mon siège? Je vais marcher comment? Façon relève de la garde à Buckingham Palace?

Le nouveau qu'elle a à dire c'est le suivant. Après la dernière détonance, elle se précipitait dans les bras de leur ami Jean-René pour la bisouille nouvelle quand elle a été bousculée assez violemment. Si fort, même, qu'elle a tourné la tête malgré l'obscurité. La luce est revenue opportunément et elle a aperçu une femme assez forte qui fonçait entre les tables. Une grosse platinée, avec une robe bleue curieusement retroussée qu'elle s'efforçait de baisser tout en se déplaçant. Et puis elle ne s'en est plus occupée, les embrassades commandant.

Le Jean-René, un peu déplumé sur le dessus, début de brioche, début de bajoues, confirme. Lui aussi, surpris par la volte intempestive de Christiana, il a eu un regard dans la direction qu'elle fixait et il a aperçu la forte dame retroussée. Il a pensé que quelqu'un lui avait envoyé la paluche au valseur pendant la période obscure. Il a même estimé que ladite personne, étant donné sa carrure, devait être allemande, ou bien scandinave à la rigueur.

Je remercie pour ces tuyaux-minute.

Le deuxième julot, un blondasse moustachu qui compasse pour avoir l'air intellectuel, ne s'est aperçu de rien. Il déclare finement :

— J'embrassais Marie-Solange, ce qui m'ôte toutes mes facultés.

On rit.

La main de Marie-Solange rencontre celle de Christiana dans la touffeur de mon kangourou. Elles ont un sursaut, puis un rire.

— Ça se bouscule au portillon, n'est-ce pas, mesdames ? leur fais-je en me levant. Si vous voulez bien me lâcher, je descends à cette station !

Et je me réintègre posément Pollux, coucouche-panier, tout bien en ordre. Les deux bonshommes font une gueule pas croyable. Les pimbêches se marrent jaunasse.

— Merci, leur fais-je, je vous souhaite une bonne et heureuse année.

Là-dessus, je carapate vers la sortie. Dans l'escadrin devine qui je croise ? Lurette ! Le gamin m'explique qu'il a refusé de se laisser hospitaliser.

Huit points de suture, une piquouze, une épingle de nourrice pour tenir le lambeau de manche, et vogue la galère ! Un courageux.

— J'allais pas me foutre à l'horizontale au moment où ça devient palpitant, me dit-il.

Je lui mets une caresse fraternelle sur la nuque.

— Tous mes compliments, môme. Je vois que je n'ai pas recruté une mauviette.

Le compliment met une tache de couleur sur sa figure livide, écrirait Ponton du Sérail.

— Je fais quoi ? demande-t-il.

— Questionne le personnel au sujet d'une grosse dame platinée, vêtue d'une robe bleue retroussée.

Il continue de descendre d'un pas évasif. Il a le bras en écharpe et je te parie ta petite sœur contre ce que les deux épouses des cadres tripotaient en chœur naguère, qu'il a besoin d'un grand godet de raide pour se vitaminer l'infrastructure.

Le portier du *Grand Vertige* bat la semelle devant la crèche. Il regarde l'agitation poulardière. Les voitures de police décrivent un petit ballet. Des autos de presse les rejoignent. Je me dis qu'il va me falloir mettre les bouts avant que ça foirdempoigne trop fort dans le coin.

— Dites donc, l'ami, au moment de minuit, avez-vous vu sortir une dame très blonde, plutôt forte, portant une robe bleue ?

Il prend l'air marri, ou mari, ou enfant de Marie. C'est un grand diable d'origine slave, moi je le vois assez polak d'après son accent.

Il m'explique qu'il a quitté son poste à minuit, selon la tradition, pour aller au bar s'en jeter un aux frais de la direction.

Tant pis.

Je vais rejoindre Bérurier. Le dénommé Couchetapiane est inerte le long du somptueux comptoir d'acajou. Le Gros biberonne de la vodka au poivre en rigolant avec les enfants Mathias, lesquels lichetrognent également, mais eux, « faistoi pas de souci : c'est du Pimm's », me rassure le Mammouth.

— Il a eu une syncope, ton copain ? m'informé-je.

— Non : il tient pas la gnole, j'lu ai fait pinter une boutanche de bourbon et il a plongé comme un' ancre.

— Il a parlé ?

Sa Majesté fait la moue.

— Juste pour dire qu'y n'savait rien ; et croye-moi, y n'sait rien. C't' un micheton qui joue les casseurs. Césari-Césarini l'envoye chercher le journal et remplir son stylo à la poste.

— Bon, allez, viens : si les saints sont muets, on va tâcher de faire parler le Bon Dieu !

Mon éminent compère hésite, enfouille la boutanche de vodka dont le cul ruisselle d'avoir trempé dans de la glace.

Avant de quitter le *Grand Vertige*, je parcours la salle du regard. Je vois Lurette, blanc comme un linge qui ne lui appartiendrait pas, vacillant comme un flan caramel sur le porte-bagages d'une moto lancée dans le Paris-Dakar, interroger son monde, cramponné de sa main valide aux dossiers de sièges et aux colonnettes gainées de velours. Brave petit gars ! Quelque chose en lui m'émeut. Il a renoncé à mâchouiller ses bouts de pneu, probable qu'il souffre trop pour apprécier, non ?

— Faut qu'j'vais prendre ma tire, annonce l'Enorme, biscotte j'sus garé à la mords-moi-le-nœud.

— Rancard au siège ! tranché-je.

A peine m'éloigné-je que le Mammouth pousse ce grand cri publicitaire qui n'a pas empêché les consommateurs de se risquer dans les antres de la bête.

Je reviens sur mes pas. La vision que je capte alors de mon ami est indicible. Appuyé des deux mains à la carrosserie de sa vétuste traction noire, modèle 1937, le cher homme sanglote, le front contre le pavillon du véhicule.

— Qu'est-ce qui t'arrive, chérubin ?

Il hoquette.

— J'sus l' dernier des cons, Sana !

— Ah ! ça non ! récrié-je.

— J't'jure qu'si !

— En tout cas, pas le dernier ; pourquoi ces larmes qui fissurent mon cœur ami ?

— Regarde !

Il me désigne l'arrière de sa vénérable guinde. J'avise, à la lumière d'un bec de gaz électrique (si je puis dire) une couronne mortuaire.

— Je ne pige pas, Gros.

— J'ai oublié d'déposer c'te couronne su' la tombe à Evariste Grossel ! Non, mais tu t'rends compte ! Un homme qu'était l'ami d' mon père ! D'une gentillesse à pas croire ! Et moi, j'ramène ma couronne ! Qu'est-ce y doit-il penser, d'là-haut ? Non, mais vise un peu l'objet. Cent cinquante pions ! J'l'ai ach'té d'occase, mais l'inscription est neuve, j'ai acquéri des lettres de noblesse et c'est moi et Berthe qu'on les a écrive. *A not' maire qui a z'été un père pour sa commune. Signé Bérurier fils.* Torché, non ? Y avait l'sous-préfet. Et moi qu'j'reviens av'c ma couronne. J'vais en fiche quoi, à c't'heure, mec ?

— Mets une annonce dans le *Chasseur Français,* conseillé-je, tu trouveras sûrement acquéreur. Ou alors retourne à Saint-Locdu la déposer !

Il réfléchit.

— La déposer, la déposer, c'est vite dit ! Et à quoi t'est-ce ell' servira ? Y aura plus personne au cimetière pour la voir.

Puis, brusquement :

— Dis vois, j'y pense : le gusman qui s'est fait refroidir au *Grand Vertige,* il a d' la famille ici ?

CHAPITRE 2

Drôlement mauvais, M. César Césari-Césarini. Tu le verrais débouler de son placard, écumant, le regard exorbité, si tu n'avais pas mon self-control, tu prendrais peur.

Il mugit, trépigne, brandit le poing. Où est-il ? De quel droit le séquestre-t-on ? Qu'on lui montre un mandat d'amener ! Qui peut se permettre de telles entourloupes avec la loi ? Ainsi, on vient faire le rodéo chez lui, on bute son meilleur aminche, et c'est à sa personne qu'on s'en prend ! Non mais, non mais, hein, dites, je vous cause !

Dans ces cas très précis, il faut toujours laisser s'évacuer le trop-plein. Opposer à cette rage trépignante un mutisme et un sang-froid déconcertants.

Pendant qu'il aboie et se démène, je me sers un bloody-mary très pimenté. C'est l'heure des remontants.

Bérurier arrive à son tour. Je fais signe aux deux inspecteurs qui ont convoyé le taulier ici qu'ils peuvent mettre les adjas. Le Gros examine Césari-Césarini sans aménité. Il m'interroge d'un hochement de hure. Doit-il intervienndre ? Non,

non, le calmé-je d'une forte œillée. Alors on attend. Sa Majesté biberonne sa propre vodka au goulot. Il va bientôt être deux plombes du mat' Notre hyper-calme déconcerte le marchand de bulles.

Eprouvé, égosillé, congestionné, il finit par échouer contre mon bureau. Il y dépose une fesse.

Je le laisse agir.

— Bordel, dites quelque chose ! gronde le patron du *Grand Vertige.* Qui êtes-vous et que me voulez-vous ? Annoncez la couleur, à la fin.

L'Antonio, tu veux que je dise en quoi réside sa force ? Son inspiration.

Je soulève mon sous-main et biche le message expédié par Washington à l'Elysée. Je le pousse vers son morceau de cul.

Il s'en empare et lit. Il paraît sincèrement désemparé, voire un tantisoit épouvanté. Voilà mon bonhomme qui secoue la tête et ne parvient plus à déglutir.

— Remettez-vous, lui dis-je.

Alors il s'efforce de jacter et — ô miracle ! — y parvient.

— Ça signifie quoi, tout ça ?

— Ça signifie ce qui y est écrit, monsieur Césari-Césarini.

« A affaire spéciale, flics spéciaux, et à flics spéciaux, méthodes spéciales ; vous comprenez maintenant pourquoi on ne s'est pas comporté avec vous selon les règles habituelles que vous connaissez parfaitement. »

— Qu'ai-je à voir dans cette salade ?

— Vous avez à y voir ce que le moyeu a à voir avec la roue, monsieur ; le cœur avec le système circulatoire. Vous êtes au centre de cette curieuse conjoncture. Primo, vous hébergez un gangster américain notoire dont le F.B.I. nous signale la présence en France et les mauvaises intentions ; deuxio, vous le conviez à votre table et le faites placer face à la loggia d'où il va être abattu ; troisio, vous y conviez également deux personnages en complet rayé qui s'enfuient, le meurtre perpétré, en blessant gravement l'un de mes hommes... Toutes ces rubriques complétant le message que voilà me permettent de vous certifier que vous ne retrouverez vos foyers qu'après une mise à jour intégrale. Je dispose de pouvoirs et de moyens exceptionnels ; en voulez-vous la preuve ?

Sans attendre sa réponse, je soupire :

— A toi de jouer, Gros !

— Jockey ! répond le Mastar.

Il se lève, biche notre « client » par le revers de son smok et lui flanque un coup de boule dans les carreaux. Le taulier s'écroule, presque groggy. Béru le complète d'un coup de talon dans le portrait. Après quoi, il s'octroie une nouvelle rasade de vodka.

César n'est pas mal dans cette occurrence. Beaucoup de self. Il s'éponge le sanglant sans piper.

— Je sais bien que de tels agissements sont pratiquement bannis des mœurs policières, soupiré-je, mais pour nous, la bavure n'existe pas. Si l'on trouvait demain votre cadavre découpé en seize morceaux dans seize sacs-poubelles différents, on conclurait officiellement au suicide, vous voyez ce que je veux dire ?

Il ne répond pas.

— Voyez-vous, pour qu'un Etat puisse fonctionner pleinement, il doit conserver une frange de totale liberté ; il existe des « trous noirs » dans les galaxies, nous, nous sommes un trou noir de la police.

César ne peut s'empêcher de lancer, avec un courage exemplaire :

— Quelque chose comme son trou du cul, quoi !

Béru pousse un gémissement plein d'avidité et se dresse.

— Laisse, le calmé-je, les appréciations de monsieur ne doivent pas nous atteindre.

Comme le pif du taulier raisine, il arrache des bribes de son mouchoir dont il fait des tampons afin de s'en farcir les cavités. Un vrai oto-rhino sorti de l'Ecole nasale ! Ça lui compose le nez de l'ami Gnafron que les Lyonnais connaissent bien puisqu'il y en a plein les bouchons d'entre Rhône et Saône.

— Vous avez quel âge, monsieur Césari-Césarini ?

— Soixante-cinq.

— Donc, le temps des grandes chevauchées est passé. Vous êtes un homme arrivé, et en bon état, ce qui n'est pas évident compte tenu du milieu où vous gravitiez. Comment diantre vous êtes-vous flanqué dans une pareille béchamel ?

Je lui désigne un siège, il lui condescend son postère. Nous voici en tête à tête, dans la posture des confidences, kif Sa Sainteté rendant visite à son agresseur.

— Je peux vous jurer une chose, sur la vie de mon fils, murmure-t-il : j'ai le nez propre.

Affirmation assez cocasse, venant d'un homme dont le tarin ressemble à un tubercule sanglant.

— En ce cas, comment expliquez-vous l'étrange aventure de ce soir, faisant suite à ce message de la Casa Bianca ?

— Je ne me l'explique pas. Et j'en suis la seconde victime. Voyons, commissaire, phosphorez un peu. Je suis un ami de guerre d'Al Kollyc, auquel j'ai sauvé la vie, mais passons ; vous n'êtes pas forcé de me croire. Si j'avais voulu le faire buter, croyez-vous que j'aurais choisi comme cadre le *Grand Vertige*, fleuron de mes activités ? C'est, vous le savez, une boîte sélecte, absolument blanc-bleu. Vos collègues n'y ont jamais relevé la moindre infraction. Maintenant, sa réputation va donner de la bande : les clilles n'aiment pas venir folâtrer dans des cabarets où l'on dessoude du monde ! De plus, Al appartient au Mitan newyorkais, et ces messieurs vont me tomber sur le paletot quand vous en aurez fini avec moi. Soit dit sans vouloir offenser votre gros méchant, ils sont un peu plus coriaces que vous autres !

Son regard est direct. C'est un homme pondéré, César, mais pas une mauviette. Il parle net, comme un vrai mec.

— Admettons, dis-je ; alors il se présenterait comment, d'après vous, ce coup étrange venu d'ailleurs ?

— J'aimerais le savoir ! réplique César-Césarini, les mâchoires serrées. Et je vais vous dire franchement une chose, commissaire : faudra que je le sache. Et je n'ai pas peur de me mouiller en vous assurant que, quand je le saurai, y aura des titres larges comme ça dans *France-Soir*, parce que je ne permets pas qu'on vienne liquider mes amis chez moi.

Tu materais ses prunelles ! Oh ! pardon, docteur, retirez votre médius de mon fondement, faut que je pète ! On voit passer des carnages dans ses yeux, César. Toute la bataille de Verdun concentrée. Pour te dire vrai, je crois à ce qu'il m'affirme. Il est des inflexions et des regards qu'on ne peut imiter.

— Parlez-moi de ce qui amenait Al Kollyc en France, lui demandé-je d'une voix à Croate, ou, plus exactement : à Serbe (1).

César me visionne comme si je lui demandais de me chanter *Petit Papa Noël.*

— Enfin, voyons, commissaire, vous pensez sérieusement qu'on pose ce genre de questions à un pote ? Al m'a téléphoné pour m'annoncer sa venue ; je lui ai dit que sa chambre était prête, point à la ligne.

— Il est arrivé quand ?

— Ça fait quatre jours.

— Et qu'a-t-il fait depuis son arrivée ?

— Il s'est surtout reposé. Il a passé des coups de grelot, je l'ai emmené bouffer dans des restaurants de *first quality* parce qu'il était vachement sensible à la bectance, pour un Ricain.

— Des visites ?

— Aucune.

(1) *Ce sont ces à-peu-près qui nous retiennent de décerner le Grand Prix de l'Académie à San-A. Ah ! s'il voulait y mettre du sien !...*
Maurice Rheims

— Parlez-moi des deux types en costar rayé qui détonnaient si fort, ce soir, parmi votre clientèle huppée.

César Césari-Césarini hoche la tête.

— C'est Al qui m'a demandé la permission de les inviter. Nous avons une tradition dans la famille : chaque Nouvel An, nous le fêtons au *Grand Vertige,* c'est un peu du fétichisme, comprenez-vous ? J'ai raconté ça à Al ; il m'a dit qu'il ne pourrait pas se joindre à nous car il devait rencontrer deux gaziers venus d'Italie ce soir ; alors je lui ai dit de les inviter, vu qu'on allait pas se séparer un 31 décembre. C'était la première fois qu'on avait l'occasion de fêter le Nouvel An ensemble. Il a accepté et a prévenu ses bonshommes.

— Vous les connaissiez ?

— Ni des lèvres, ni des dents.

— Al Kollyc vous les a présentés ?

— Sobrement : Luigi et Aldo, point à la ligne.

— Qui donc savait que le Ricain allait réveillonner en votre compagnie au *Grand Vertige ?*

— En dehors des miens, personne... Sauf les gens auxquels lui a pu le dire, je vous le répète, il passait ses journées à téléphoner dans sa chambre.

— Il vivait comment, l'ami Al ? Marié, des chiares ?

— Divorcé. Il avait épousé une danseuse, voilà une quinzaine d'années. Elle n'était pas sérieuse... Alors ils se sont quittés.

— Elle vit toujours ?

César réprime un petit sourire.

— Je crois qu'elle est morte dans un accident.

— Dites-moi, vous connaissiez les activités de votre caïd, je suppose ? Ne me dites surtout pas le contraire, je ne vous croirais pas.

César ressort les tampons d'étoffe obstruant ses narines. Il les enveloppe dans ce qui reste du mouchoir et les empoche. C'est un homme bien éduqué.

— Oh ! je savais bien qu'il n'était pas fondé de pouvoir à la Chase Manhattan Bank, soupire-t-il, mais je n'ai jamais abordé ce chapitre avec lui. Un ami, c'est sacré. Le questionner, c'est déjà le trahir.

— Jolie formule, apprécié-je, je la répéterai en prétendant qu'elle est de moi. Conclusion, vous ignorez tout de ce qui a motivé l'assassinat d'Al Kollyc ?

— Tout. Mais, je vous le répète, je consacrerai ce qui me reste de vie à le découvrir.

Je rêvasse. La fatigue me gagne.

— Une grande femme platinée, avec une robe bleue, ça vous dit quelque chose, César ?

Béru, dégoûté par le calme de notre entretien, s'est endormi et on a l'impression d'assister aux Vingt-Quatre Plombes du Mans.

— C'est qui, cette femme platinée ?

— Probablement l'assassin de votre pote, mon cher. Pas plus femme que moi, j'en jurerais. Le meurtrier a chiqué les travelos pour accomplir son forfait.

A cet instant, un grand brouhaha secoue l'immeuble. C'est Mathias qui se pointe avec sa tribu de demeurés alcoolos. Il en coltine deux qui sont complètement *out* et morigène les autres pour qu'ils essaient de se tenir droits.

— Monsieur le commissaire ! Un grand malheur ! Ces enfants sont ivres morts, figurez-vous que...

— Fais-les dormir dans le studio attenant, Rouquin, et ne te casse pas la nénette. Une première cuite... ça s'arrose ! Cela dit, quoi de neuf ?

Il prend le fusil à lunette sur l'épaule de son aîné et me le montre.

— Cette arme appartient à M. César-Césarini, dit-il, son épouse et son frère l'ont formellement reconnue. Il n'y a pas d'empreintes sur la détente car le meurtrier portait des gants. Ce pourrait être une femme : j'ai trouvé des traces de fond de teint sur la moquette de la loggia, et aussi de rouge à lèvres ; plus des cheveux très pâles, mais comme ils sont morts, ils proviennent d'une perruque.

— Merci, parfait. Tu pourras rentrer chez toi sitôt que tes albinos seront dégivrés. Tu n'as pas vu Lurette ?

— Non.

Je retourne à mon bureau et dépose le flingue sur mon bureau.

— L'arme du crime, dis-je à César.

Il mate éperdument le fusil.

— *Mamma mia,* balbutie-t-il, c'est mon fusil ! On a seulement changé la lunette de visée.

— Il vous sert à quoi, quand on ne flingue pas vos copains ?

— La chasse au chamois, chaque année, en Autriche...

— Vous le rangez où ?

— Dans ma penderie, sur le rayon du haut.

— Beaucoup de gens connaissaient son existence et sa planque ?

— Sûrement pas... Je...

Il paraît perdu.

— César, je murmure, ou bien vous êtes un super-comédien, ou bien vous êtes un super-pigeon. Si ce n'est pas vous le maître d'œuvre de l'affaire, quelqu'un de surdoué vous prend pour un con, je vous le dis comme je le pense.

Je secoue le Gros. Il s'éveille en récitant le *de profundis,* se croyant encore à l'enterrement de M. le maire de Saint-Locdu.

— Gros, murmuré-je, j'ai école, tu vas t'occuper de monsieur.

— Tout c'qu' y a d' volontiers, fait Gradube en commençant d'ôter sa veste.

Je rectifie le tir.

— Non, non, pas ça. Occupe-toi de ses aises, au contraire. Installez-vous dans ce bureau. Qu'il ait tout le confort mais ne puisse se tirer ni communiquer avec l'extérieur.

César-Césarini en a vu d'autres. Fataliste, il remarque :

— Alors vous me croyez coupable, commissaire ?

— D'homme à homme, non, monsieur Césari-Césarini. Si je vous retiens ici, c'est seulement pour que vous ne soyez pas ailleurs.

Là-dessus j'enfile mon pardingue et je m'esbigne.

CHAPITRE 3

Les rues continuent d'être en liesse. Un monstre charivari empêche les bonnes gens de roupiller. Ça s'embrasse beaucoup ! L'ivresse s'étale comme une tache d'encre sur un buvard. L'image me flanque de la nostalge. Buvard ! Je revois ma communale, ma chère, mon irremplaçable communale qui sentait bon l'encre et la craie, et aussi la blouse de coutil... Comme ça s'éloigne à titre de néant, tout ça...

Je collectionnais les buvards réclames, certains étaient meilleurs que d'autres. J'en ai connu qui ne « buvaient » pas plus qu'une feuille de papier couché et qui, au contraire, te foutaient la merde sur ton cahier. Et tiens : le mot cahier. La première fois que j'ai eu à l'écrire, je l'ai orthographié « caillet ». Si j'avais pu me douter, à l'époque, de tout ce qui m'attendait. Air connu ! Le refrain triste de chacun. Passons. Mgr Mamie me reproche de ne pas suffisamment parler des petits oiseaux et des enfants dans mes books. S'il savait combien j'aimerais. S'il savait l'à quel point je ne ferais que ça. Et puis que je parlerais également du matin, et des cours d'eau dans la campagne, et des odeurs inoubliables de certains gros pains, de massifs d'hortensias mauves. Des odeurs de vélo, de chiens, de draps humides, de poulaillers, de tilleul, de crème à la vanille, de chapeaux de paille, de plumiers, de coke brûlant dans une « cloche » de fonte. Odeurs qui ne me quittent plus et qui peut-être s'attarderont encore après moi, dans la cavité osseuse de ce qui aura été mon nez.

Ah ! monseigneur, écrire de l'enfance, c'est écrire de soi-même, c'est se pencher sur le puits où le niveau de l'eau baisse un peu plus chaque année, ce qui assombrit le miroir qu'il constitue.

Je vais, mollement, dans la bousculade. Quelques filles, qui se tiennent par le bras et qui braillent, à tue-tête, me coincent brusquement.

— Bonne année !

— Bonne année, mes jolies !

Infusion de bisouilles. Vive le Nouvel An ! Mais tu vas voir sa gueule, à l'aube, quand les radios diffuseront les nouvelles du monde. Gueule de bois, gueule de raie ! Gueule cassée, gueule noire, gueule enfarinée. Gueule de canon. Gueules à dégueuler !

Ma bagnole ! Vite, je démarre. Des tomobilistes, sur le même alignement, m'adressent des gestes enthousiastes, comme si je venais d'accomplir un exploit et qu'ils m'aient reconnu. Je réponds de la main. Oui, oui, c'est le Nouvel An, je sais, j'ai fait ce que j'ai pu. D'accord, l'année qu'on attaque sera formide. Fortune et immortalité pour tous. Y aura qu'à dégainer sa bitoune pour que les plus superbes dadames sautent dessus, clap ! On sera tous commandeur de la

Région d'honneur. On aura des super-droits, on ne paiera plus d'impôts. Le cancer ? Un mauvais souvenir ! On gagnera toutes les médailles des Jeux Olympiques, et des championnats internationaux. Peut-être même qu'on s'aimera, t'entends ? Pas impossible... On s'aimera, les uns les autres, comme Il l'a demandé. Et Il restera avec nous jusqu'à la fin du monde, comme Il l'a promis, exactement comme Il l'a promis. Jusqu'à la fin du monde...

Tout le monde est sur le panard de guerre lorsque j'arrive à l'hôtel particulier des Césari-Césarini.

L'épouse, le frangin, la belle-sœur, le tonton gâtochard, l'ami Couchetapiane, les larbins. Ma survenance les botte pas outre mesure dans la tribu. Tout juste qu'ils s'exclament pas : « Encore vous ! »

Les larbins ne sont que deux. Un couple : lui est chauffeur-valet de chambre ; elle c'est la cuisinière-femme de chambre.

Je trouve mon petit peuple en train d'écluser des pleines cafetières (des vraies, de jadis, énormes et émaillées) de caoua odorant. Malgré mon importunance, on m'en propose. J'en ai tellement besoin que j'accepte. Nous sommes réunis dans un grand salon Louis XV délicieusement arrangé par un décorateur spécialisé dans le méditerranéen enrichi. Détail aimable : le couple de gens de maison boit aussi le jus avec les « maîtres ».

Je savoure le mien dans le silence mi-recueilli, mi-hostile, de la société.

La dame finit par demander, d'un ton amer :

— Et César ?

— Il va très bien. Je le quitte à l'instant. Il est triste d'avoir perdu son pote, c'est normal.

— Il « ressort » quand ? demande le frangin.

— Il n'a pas à ressortir, il n'est pas enfermé.

— Alors pourquoi-t-il qu'il n'est point là ? lâche le tonton avec un merveilleux accent qui te donne envie de bouffer des tomates avec de la mozzarella, arrosées d'huile d'olive vierge.

— Il sera là d'ici quelques heures. Ecoutez, on a buté son meilleur ami dans son établissement, vous devez comprendre qu'il ait des dépositions à faire, non ?

Bon, ils paraissent admettre. Ils ont tous des hochements de tête assez éloquents.

Je finis de boire le moka superbe. Me sens tout revigoré.

— Avec votre permission, madame Césari-Césarini, j'aimerais visiter la chambre du pauvre défunt.

Le frangin, glandeur fin de race, je te répète, se croit provisoirement nanti du sceptre de son aîné défaillant et donc obligé de manifester de l'autorité.

— Vous avez un mandat de perquisition ? questionne-moi-t-il.

— Non, conviens-je en tenant délicatement ma tasse d'une main et la sous-tasse de l'autre. Mais je peux m'en procurer un. Et je peux également tous vous encabaner pendant quarante-huit heures, tout ça n'est qu'un coup de fil à donner.

Silence crispé.

J'écluse le contenu intégral de ma tasse. Puis je

la dépose sur une table basse et demande au frelot :

— Alors, qu'est-ce qu'on décide ?

Il détourne la tête.

Je me tourne alors vers le domestique.

— Vous vous appelez ?

— Bambois, laisse-t-il tomber comme une crotte de constipé.

— Prénom ?

— Jean.

Je lui tends la main avec un franc sourire. Ahuri, il me confie la sienne.

— Tous mes vœux, monsieur Jean Bambois.

Ma poignée de phalanges est énergique, chaleureuse.

— Et maintenant, conduisez-moi à la chambre de ce pauvre M. Al Kollyc, enjoins-je.

Il quête un assentiment patronal du regard. Mme César Césari-Césarini le lui délivre d'un signe de tête.

Belle pièce. Doubles fenêtres de trois mètres de hauteur. Lit vénitien, peint comme un décor d'opérette. Téloche, frigo incorporé dans un faux bonheur-du-jour. Fausse bibliothèque (seuls les dos sont reliés plein cuir, avec dorure à la feuille, nervures machinées et toutim) car chez certaines gens parvenus on ne lit que les cours de la Bourse et, en cas de mobilisation générale, les titres de *L'Aurore.*

Sur une petite table proche de l'embrasure, un délicat bureau Louis XVI, pour varier les plaisirs, supporte le téléphone ainsi qu'une chiée de paperasses.

Jean Bambois reste dans l'encadrement, indécis.

— Entrez donc un instant, invité-je.

Sans enthousiasme, il m'offre deux pas maussades pour dire de se trouver à l'intérieur de la piaule.

— Est-ce que votre patron possède un fusil pour la chasse au gros ?

Il secoue la tête négativement.

— Pas à ma connaissance.

— En êtes-vous bien certain ?

— Il n'a jamais chassé.

— Le chamois ?

— Pas plus le chamois que le reste, il a horreur de ça.

Bon, voilà que ça se met à devenir intéressant. D'un côté nous avons la famille, plus César Césari-Césarini, qui « reconnaissent » le flingue, de l'autre le valet qui prétend l'ignorer et soutient même que son singe ne chasse pas. Donc, quelque part, il y a comme qui dirait mensonge. Mais alors qui me bourre le mou, et dans quel inavouable but ?

Je m'approche du bigophone. Il est équipé pour relier les différentes pièces de l'hôtel particulier. J'appuie sur la touche marquée « grand salon », et c'est le frangin-naveton qui dégoupille.

— Passez-moi la cuisinière ! ordonné-je.

L'épouse à Jean vient, alarmée, comme d'autres vont à l'armée, me bredouiller un « Vouiii ? » évanescent.

— Rejoignez-nous dans la chambre de l'invité.

Sur ce, je vais me poster dans le couloir tandis que l'ami Bambois reste seulabre dans la pièce. Sa gerce arrive. T'ai-je raconté que c'est une brune en forme de « 8 » avec des cannes comme des pattounes d'éléphant et une verrue de saint-syrien (à aigrette) au-dessus de la lèvre, mais fort heureusement assez bien camouflée par sa moustache ?

Je lui barre le passage, la biche par l'épaule et lui gazouille dans les baffles :

— Juste une question, jolie dame, où votre patron rangeait-il son fusil ?

— Quel fusil ? fronce-les-sourcils-t-elle.

— Bé, son fusil de chasse, quoi !

— Monsieur ne chasse pas.

— Vous en êtes certaine ?

— Bien sûr.

— Depuis combien de temps êtes-vous à son service ?

Elle se livre à un calcul mental s'appuyant sur des événements familiaux. C'était deux ans avant que sa pauvre maman défunte d'un cancer... Or, elle est morte l'année où son frère Riri a eu cet accident de moto qui lui a valu d'être trépané (il était déjà très pané, ayant les pieds plats). Seulement, c'était quand t'est-ce, l'accident de Riri ? L'année d'après où on l'a opérée, elle, d'un ovaire, qu'on craignait même qu'il s'agissât d'une tumeur rusée... Non, pas rusée : astucieuse... Non, pas astucieuse : maligne. Voilà, maligne. Si elle pouvait seulement demander à son julot. Lui, il a une bite et une mémoire d'éléphant. Et on ne lui ôtera jamais de l'idée, Denise (je l'appelle Denise) que son pauvre ovaire, Jeannot aurait eu une bite moins longue... Enfin, ce qui est fait est fait, non ? Une vie, ça se compose de trucs qui n'auraient pas dû se produire et qui ont eu lieu.

Je viens à son secours, comme le chevalier Ajax vole à celui du blanc.

— Je ne vous demande pas la date de votre entrée en fonction, simplement une approximation. Vous êtes ici depuis vingt ans ou depuix six mois ?

Elle fait le paquebot en train de quitter le port :

— Bvou ou ou... Bvou ! Presque dix ans.

C'est-à-dire un bail. Si César avait chassé, s'il avait conservé un flingue dans sa penderie, fût-ce sur le rayon du haut, elle l'aurait su. Les serviteurs savent toujours mieux que leurs maîtres où ils serrent leurs objets, petits ou gros, familiers ou pas.

— Merci, Denise.

— Je m'appelle pas Denise, rebiffe-t-elle.

— Ah ! je croyais, c'est le prénom que j'avais choisi pour vous dans un bouquin que je suis en train d'écrire.

Je la plante au milieu de son effarade.

Le mari est toujours pique-plante (dit-on dans mon pays) au milieu de la chambre.

— Ça va, laissez-moi, je vais en avoir pour un bout de temps à examiner les paperasses du mort.

Quand il est sorti, je tire le verrou délicat, en laiton ouvragé que ça représente un gland.

A vrai dire, le pucier de feu Al Kollyc me tente davantage que son barda, mais le devoir avant tout : je roupillerai l'année prochaine.

Il est quatre plombes du mat' lorsque je quitte le domicile de César Césari-Césarini, avec quelques documents intéressants en fouille. Je me félicite d'avoir, aussitôt après le meurtre de leur propriétaire, mis le taulier au secret, sinon, espère, il aurait fait déménager tout cela daredare, ne serait-ce que par esprit de camaraderie, pour que la Rousse ne plonge pas à pieds joints dans les magouilles de son grand copain. Il va drôlement secouer les plumes de sa bourgeoise et de son frelot pour n'avoir pas eu la présence d'esprit de déménager les fafs restés dans la chambre du Ricain. Le drame de l'existence, c'est cet environnement de cons. T'as beau te préserver au maxi, il en est que tu dois subir, et que tu aimes, ce qui est plus fort !

De retour au burlingue, je trouve le Gros enchaîné à César par des menottes. Ils ont posé leurs targettes pour être plus décontractes. Les chaussettes dépareillées du Mastar fument doucement dans la pénombre. Ils sont effondrés, côte à côte, dans deux fauteuils. Bérurier ronfle et louffe simultanément. Mon bureau sent le wagon de troisième classe guatémaltèque. Un doux sourire d'archange illumine la face bovine du Mignon. Tu croirais un gros nounours de vitrine, l'amour. A côté de lui, César fume un cigare gros comme une bite d'âne. La cendre choit sur son plastron empesé. Son nœud pap' ressemble à l'hélice d'un avion de tourisme qui ne s'est pas arrêté en bout de piste.

Il me regarde survenir d'un œil fatigué.

On devine qu'il a pas mal gambergé pendant

ces dernières heures. Sa vie, tout compte fait, il lui trouve une pauvre gueule malgré sa réussite, César. Qu'il en est à se demander, l'apôtre, si ça valait tellement le coup de s'échiner, de monter des combines plus ou moins tordues, d'affronter des dangers, de côtoyer des bandits vilains, pour se retrouver un 1er janvier dans une béchamel tournée. Sa taule discréditée, et lui donc par contrecoup. Sa famille perturbée, son meilleur pote dessoudé, plus des arnaques sournoises en préparation, il comprend bien.

Trop fine mouche, le vieux bougre, pour pas piger que ça commence seulement, la chanson des blés noirs ; qu'il va y avoir des retombées pernicieuses, et un tas de giries inquiétantes dans les jours à venir. Trenous soit dit, l'ami Kollyc l'a filé dans un tonneau de merde, quoi ! Les potes, ils sont sacrés, ça, faut pas revenir dessus, mais quand ça cagate pour eux, ça cagate pour toi idem. T'épouses bon gré, mal gré leurs patins. Il lui a laissé en héritage une montagne de gadoue, Al.

— Pas sommeil ? je demande.

— Sommeil, si, mais pas mèche d'en écraser, votre comique, vous l'avez recruté où ? Chez les fournisseurs d'Olida, non ? Il ronfle comme d'autres agonisent et pète à s'en déchirer le trou de balle. Je plains la malheureuse qui lave ses calecifs ! Ça me donne envie de gerber.

— Votre martyre va prendre fin, vous pouvez rentrer chez vous.

— Vrai ?

— Authentique. Ça vous surprend ?

Il hausse les épaules et raconte autour de son cigare :

— Plus rien me surprend et tout me surprend. Soixante-cinq piges, ça commence à peser. On a beau se démener, la vie finit par vous faire cocu.

— J'arrive de chez vous.

— Je m'en doute.

— Petite perquise dans les papelards du Ricain, normal ?

Il fait la gueule.

— J'y ai trouvé des machins codés que je devine joyces tout pleins. Demain j'aurai sûrement de quoi me distraire car j'ai ici un rouquin surdoué qui lit les papyrus égyptiens comme vous le catalogue de *La Redoute.*

— Eh ben ! bravo !

Certes, il regrette de n'avoir pas eu le temps de placarder ce butin. Mais quoi, il y a cas de force majeure, n'est-ce pas ?

Je me penche sur son fauteuil, une main posée sur chacun des accoudoirs.

— Un détail me turlupine, monsieur Césari-Césarini. Cela concerne le fusil. Votre couple de larbins jure ses grands dieux que vous n'êtes pas chasseur et n'en possédez pas.

César retire son barreau de chaise avec sa main libre.

— Je ne leur en ai jamais parlé, déclare-t-il.

— Depuis des années qu'ils sont à votre service, ils l'auraient aperçu.

— Pas fatalement. Il se trouvait dans une caisse de bois et il y avait tout un fourbi pardessus la caisse.

Il retète son havane à plusieurs reprises, comme un bébé avide le sein maternel.

— Dites, commissaire, ce flingue, c'est l'arme du crime, non ?

— Exact !

— Pourquoi dirais-je alors qu'il m'appartient si ce n'était pas le cas ? Faudrait être maso, non ? J'ai déjà assez d'emmerdes !

Je continue de le fixer. Et je ressens un picotement dans mon subconscient. J'aimerais pouvoir le gratter, mais la peau du sub est assez difficile à atteindre.

— Je ne sais pas, monsieur Césari-Césarini, soupiré-je. Pour moi, ce détail constitue un mystère de plus dans cette mystérieuse affaire.

Ensuite je réveille le Mammouth pour qu'il délivre notre hôte.

Je raccompagne César jusqu'à l'ascenseur, civilement. On se serre machinalement la louche.

— *Ciao !* dit-il. A bientôt, je suppose ?

— Probablement, oui.

Une fois le taulier embarqué, je vais retrouver Mathias qui roupille parmi un monceau de mineurs alcooliques.

CHAPITRE 4

Honnêtement, je ne le voyais pas ainsi, ce matin du 1er janvier. Je m'étais fignolé par la pensée une grasse matinée d'archiduc, avec Alka Seltzer en même temps que les informes à la radio ; ensuite, arrivée de ma Félicie d'amour, toute joyce de m'apporter un plateau surchargé de café odorant et de croissants chauds (mon vice). Je rêvais de tirer ma flemme jusqu'à l'heure du déjeuner. Je serais alors descendu, en robe de chambre, pas rasé, pour déguster la blanquette de m'man (immuable les 1er janvier) arrosée d'un Bandol frais et mutin. Y a des moments, avec ma vieille, quand je me laisse choyer, je me sens tourner curé de campagne. La tortore prend de l'importance. C'est l'art de Félicie, la jaffe. Avec le professeur Sauvy, on cause ; avec Mathieu, on regarde. Avec m'man, on déguste. De toute manière, c'est une forme de partance. Les seuls véritables voyages, ce sont nos sens qui nous les font faire. Les autres, ceux des dépliants, ne sont qu'illuses et retours écœurants.

L'aube commence à pointer lorsque je me pointe moi-même au maternel logis. Pas tout à fait l'aube, à vrai dire, mais une certaine bousculade au fond des horizons. On devine que ça va bientôt éclore. Que le premier jour de cette année neuve sera là sous peu, pâlichon, sur les gueules de bois de la planète.

Habituellement, ma rue est tranquille, surtout depuis que le vieux voisin est à Charenton, bouclarès pour homicide, le biquet. Les bonnes portugaises qu'il hébergeait ont dû vider les lieux et on n'entend plus leur ramage, ni les disques d'Amalia Rodriguez. Et cela a cessé d'empester la morue frite. De même, son cador n'est plus là, avec ses jappements pour oui et non. Le vieil Arbi qui livre pour la blanchisseuse l'a adopté et lui enseigne l'arabe, au Médor. Ça fait une compagnie à Moktar, ce clébard frétillant. C'était un corniaud pure race, mais sans pedigree, un peu genre La-voix-de-son-maître, sauf qu'il avait la tête plus carrée.

Donc, il est un peu apathique, le quartier, malgré les grands ensembles qui nous cernent. Seulement, comme ils sont de « haut standinge » et tournés sur l'autre rue, tu croirais les bâtiments insonorisés d'un hôpital. Alors, bon, je t'en reviens que quelle n'est pas ma surprise de voir deux bagnoles stoppées devant chez nous, avec, à l'intérieur, des gonziers qui ressemblent tellement à des bourremen que ça doit obligatoirement en être. Affolé, soudain, à la pensée qu'il a pu arriver du grave à la maison, je m'élance comme un dingue vers le perron.

Un zigomar large comme la cathédrale de Chartres bondit de sous notre tonnelle et m'intercepte.

— Hep, vous ! Qui êtes-vous ?

Il me reconnaît et les bras lui redeviennent mous.

— Oh ! faites excuse, monsieur le commissaire.

— Que se passe-t-il ? égosillé-je.

Il me rassure d'un sourire.

— Tout de bon, monsieur le commissaire ! il fait, car il est d'origine helvétique par sa mère qui était native de La-Chaux-de-Fond.

Etant enfant, il passait ses vacances chez ses grands-parents jurassiens. Son grand-père était horloger (c'est lui qui, le premier, a mis son cul en montre).

Mal rassuré malgré sa jovialité, je pénètre dans la maison.

Tout de suite, ce qui m'atteint, c'est une revigorante odeur de beurre chaud. Je fonce à la cuisine. Te dire ? Certes, je suis payé pour. Mais commencer par quoi ? Ce qui me tombe sous la prunelle est tellement insolite, tellement impensable !

Bon, alors voilà. Maman est en robe de chambre (sa belle, la grise à parements écossais mauve et blanc), les pieds dans ses pantoufles bordées de cygne. Elle ne les met que dans les occasions particulières. Celle-là, l'est.

La chère femme se tient debout devant notre cuisinière, souriante, bras croisés. A son côté, jamais tu devineras ! Tu donnes ta langue, chérie ? Ecoute ! Tu le répéteras pas, surtout ; qu'ensuite ça jaserait ; tu connais les gens et leur menteuse à enrouloir ?

Le président de la République. Parole ! En bras de chemise, un vaste tablier blanc noué sur le ventre. Tu sais ce qu'il fait? Des crêpes! Au sarrasin (son côté pro-arabe).

Il est appliqué vachement, pas goitreux le moindre, comme lorsqu'il visite le Salon de l'auto et questionne les fabricants sur le circuit hydraulique de la 2 CV Citroën. Relaxe, Max! Il tient la queue de la poêle, ce qui est plus joyce que de tenir les cordons du poêle, et s'apprête à faire sauter la crêpe. Faudrait un roulement de tambour pour souligner le suspense infernal.

— Sec, le coup de poignet, monsieur le président! chuchote Félicie.

Tchouc! C'est parti. La crêpe décrit un saut périlleux et retombe impec dans la poêle. Du même côté, mais bien à plat.

Le grand homme n'est pas mécontent.

— Les crêpes, c'est comme les Français, pouffe-t-il, elles retombent toujours du même côté.

« Montrez-moi donc, chère madame. »

Floc! M'man fait tourner la crêpe.

— Vous devez croire que je suis en avance sur le calendrier et que je confonds la Chandeleur avec le premier janvier, commissaire, mais figurez-vous qu'en devisant avec votre chère maman, nous avons parlé de crêpes au sarrasin. Je lui ai dit combien j'en raffolais et elle a absolument voulu m'en faire.

Il retrouve cette gravité profonde qui est sa vraie nature.

— Je n'ai pu résister à l'envie de vous serrer la main, mon bon ami. C'est à la fin de mon réveillon familial que la nouvelle est tombée. J'ai aussitôt décidé de venir vous complimenter. Avec vous, ça ne traîne pas! Merci!

Il me tend sa main incomparable. Je n'ai pas le temps de désinfecter la mienne avant de la lui remettre, aussi la lui livré-je telle qu'elle est : misérable et microbienne.

— Pour quelle raison me remerciez-vous, monsieur le président ? risqué-je.

— Comment ! Mais pour la façon fulgurante dont ce gangster américain, venu avec l'intention de me nuire, a été... neutralisé.

Il rit par-dessous son nez et ses paupières palpitent, car elles sont par moments victimes d'un mauvais contact.

Moi, tu me connais ? Les plumes du paon, à d'autres ! Ne pas monter bien haut, peut-être, mais avec une gonzesse superbement roulée !

— Je ne suis pour rien dans la mésaventure survenue à Al Kollyc, monsieur le président.

Il a un recul têtier pour mieux me capter, peser mes mots, juger mes expressions.

— Je croyais, murmure-t-il. Je vous avais apporté une boîte de confit d'oie.

Elle est là, en effet, sur la table.

— Votre attention me touche infiniment, monsieur le président.

Il hausse les épaules.

— Gardez-la tout de même, dit-il, ce qui est donné est donné. D'ailleurs, l'essentiel est que ce dangereux bandit soit hors d'état de nuire, n'est-ce pas ? Savourons un peu ces crêpes, maintenant. Au réveillon, j'ai chipoté. Le cœur n'y était pas. Il faut dire que l'année qui commence sera difficile, mes amis. Tous ces communistes... Ces gens de droite... Ces socialistes... Ces ouvriers jamais contents... Ces Américains, ces Russes... Ces connards rouspéteurs du tiers monde ! Seigneur, quand je pense à ce brave Bugeaud... Vous allez voir qu' « ils » vont me faire débaptiser la rue de l'Isly, un de ces jours ! Ce qui est harassant dans ma mission, c'est que non seulement il faut toujours promettre, mais qu'il faut parfois tenir ! On leur libelle des chèques pour les faire tenir tranquilles et ces vilains bougres prétendent les encaisser ! Excellentes, vos crêpes, madame.

Il mange avec mesure, sans piffrerie aucune, réfléchissant dans une grande envolée de méninges. Sa fonction surmène l'organe. Charrier la France est pénible. Non seulement elle est lourde, mais elle remue tout le temps. Alors il échafaude, le président. Il voit loin. Tout passe par son collimateur, voilà pourquoi, quand les gens lui causent, il semble être ailleurs. Il reste là engoncé dans son cou, les stores baissés, à acquiescer menu avec l'air de dire : « Cause toujours, mon lapin, si tu savais ce que je m'en fous ! » Tu parles, Charles : quatre-vingt-quinze départements sur les côtelettes ! Plus les cases des D.O.M.-T.O.M. ! Et sans parler de la force de frappe que si t'appuies par inadvertance sur le bitougnot, on est tous déguisés en confetti ! Tu voudrais qu'il s'intéresse à la nouvelle moissonneuse-batteuse de la Maison Glandu, toi ? Ou au droit à la retraite anticipée des gaziers ? Non ! Il pense ! Alors lui casse pas les roustons avec le décollage vertical de l'avion Fenlabise, ou le traitement des phosphates de choucroute ; laisse-le gamberger son soûl, le président.

C'est lui qui conduit, interdiction de parler au chauffeur ! Faut qu'il prépare la route à venir, franc seize, franc sait ; pas embugner un bec de gaz. Virage à gauche, virage à droite ! Les passagers gueulent ; lui, fermeture-Eclair aux lèvres, paupières lourdes. Il opine à petits coups brefs. Quand c'est fini, la jacte du terlocuteur, il balance une phrase bien sentie. Genre « Très intéressant, vous pourriez pas me le répéter en alexandrins ? » Ou bien : « Donnez la brochure à mon aide de con, je la lirai sous ma douche. » Impénétrable, alors que mon talentueux Roger Peyrefitte, lui...

M'man et moi, nous respectons son silence. Il consomme sa crêpe comme s'il lisait un rapport sur les forces de l'O.T.A.N.

— Puis-je vous proposer un verre de Château d'Yquem, monsieur le président ?

Il rebuffe du chef. Non, non. Foin d'alcool, fût-il de classe.

— Vous ne pourriez pas me passer un disque ? demanda le monarque.

Mais que si ! Bien entendu...

— Du Tino Rossi, monsieur le président ?

— Vous n'auriez pas du Jean Lumière pour changer ? ou plutôt non, attendez : *Ramona ;* vous avez *Ramona ? J'ai fait t'un rêve merveilleux. Ramona nous étions partis tous les deux.*

Il cueille une seconde crêpe. Je fonce à ma discothèque. M'man conserve tout. On a *Ramona,* sa maman à elle qui l'avait acheté : *Nous allions, lentement, loin de tous les regards jaloux. Et jamais deux amants n'avaient connu de soir plus doux...* Saint-Granier ! Une époque... Notre bon roi François III écoute et ses paupières rosissent.

— Admirable, balbutie-t-il sans décoller les lèvres.

Après, pour varier, je lui mets du Georges Milton : *Dis, c'est'y toi qui t'appelles Emilienne,* puis *Pour promener Toto, j'ai une auto* de Georgius. Il aime ça, l'amour d'homme. Mais je n'en reste pas là, il a droit à la grande série la Pléiade des variétés d'avant-guerre : Henry Garat, Albert Préjean, Lis Gauty, Damia, Fréhel, Rina Ketty *Jé révois lé grands sombreros et lé mentilleux.* Dranem, Ouvrard. On remonte jusqu'à Mayol (Félix), on se paie Réda Caire, Léo Marjane, André Claveau, Dalida, toutes les anciennes gloires y passent. C'est le *big* récital du Pommier de l'An. Le président continue d'écouter avec délices et orgue de Barbarie (la *Complainte de Mackie*). Fred Adison lui fait relever sa paupière droite (*Avec les pompiers*). Dréan l'amuse (*Elle s'était fait couper les cheveux*) Polin et sa *Petite Tonkinoise* lui arrachent un sourire malgré le racisme sous-jacent des paroles.

— C'est pourtant vrai, soliloque-t-il, il y a eu ça : les Colonies... L'Indochine, Chandernagor, Madagascar, l'Afrique du Nord, l'A.O.F. Et maintenant je n'arrive même plus à conserver la Corse ! Demain, ce sera la Bretagne qui prendra le large, ensuite la Savoie, et le Pays basque évidemment. L'île d'Yeu fera sécession, pauvre cher maréchal. La France redeviendra ce qu'elle était sous Charles VII...

La musique s'est arrêtée, il pense toujours. Je le trouve beau.

Le téléphone sonne. Le service des « Bonnannébonnesanté » démarre. Il fait grand jour, et même soleil, tu te rends compte !

J'attends la salve triomphale d'un connard

quelconque : cousin éloigné ou ami épisodique. Mais c'est une voix faiblarde qui jacte.

— Ah ! enfin ! dit-elle. Ici, Lurette, commissaire. Je me suis encore fait planter ! Cette fois, dans le baquet. Je ne sais pas si je m'en sortirai. Je... Allez à l'*Auberge du Pont Fleuri,* à Vreneuse, il y a...

Il n'achève pas. Je perçois un bruit sourd, et puis les heurts du combiné lâché.

— Lurette ! je m'écrie, désespéré. Lurette, mon petit gars !

Il me semble percevoir des gémissements. Mon impuissance m'est insoutenable. Je m'efforce nonobstant de maîtriser la situation. Par quoi commencer ?

Je laisse pendre mon propre combiné. Retourne à la cuisine.

— Monsieur le président, vous avez bien sûr le téléphone dans votre voiture ?

— Evidemment.

— Me permettez-vous de l'utiliser, c'est toujours relatif à l'affaire Al Kollyc et l'instant est grave.

— Faites, consent le Magnanime.

Je m'élance jusqu'aux bagnoles extérieures et j'explique aux gorilles. Dix secondes plus tard, je suis en communication avec la Maison Bourremen. Je leur communique mon numéro de tubophone et leur ordonne d'usiner dare-dare pour déterminer avec quel poste je suis actuellement en ligne. Dès qu'il sera repéré, qu'on envoie une ambulance équipée de tous les appareils possibles de réanimation sur les lieux. Je les rappellerai plus tard.

Drôle de Premier de l'An !

Je roupillerais volontiers quelques heures. Mais ouichtre..., comme on dit en Auvergne.

M. le président regarde l'heure. Il doit reprendre son dur collier et se remettre à tirer la France. Halez, Luia !

— Vous avez des difficultés ? demande-t-il de cette voix menue, qui sort à regret semble-t-il.

— Il paraît que l'on a mis à mal un homme de mon équipe, monsieur le président.

— Fâcheux ! résume-t-il avec son sens extraordinaire de la concision.

Puis il nous prend congé.

— Tenez-moi au courant, n'est-ce pas ?

— Bien entendu, monsieur le président.

Je le raccompagne jusqu'à son carrosse. Lorsque je me la radine, je supplie m'man de préparer une grande cafetière de jus très chargé pendant que j'irai prendre une douche froide et changer de fringues.

L'Auberge du Pont Fleuri de Vréneuse doit son nom au pont qui la surplombe, pont qu'une municipalité délicate a garni de bacs à fleurs. Depuis mèche des vandales ont pillé les fleurs et brisé les bacs de fibrociment, mais le nom est resté.

Au moment où j'entre dans la localité, je croise une ambulance de forte taille, glapissante et gyropharante, escortée par deux motards. Aussitôt mon sang ne fait qu'un tour de circuit, car j'ai la certitude que Lurette se trouve à l'intérieur du véhicule. J'adresse une ardente prière au Tout-Puissant pour qu'Il sauve la vie de mon petit Lurette. Il serait tellement injuste que ce môme laisse sa peau dans l'histoire.

Hélène Dussardin fume à mon côté une atroce cigarette orientale à bout doré qui me fait songer à ces papiers parfumés qu'on distribuait autrefois et qui célébraient les mérites de quelque marque de savonnettes.

Hélène, deux mots pour te la présenter. Elle est femme inspecteur. C'est une solide fille blonde, avec des joues de luronne et des loloches solidement arrimées par du Cœur-Croisé de Playtex. Fringuée un peu trop girl-scout pour mon goût, elle ne se farde pas, mais ses pommettes et ses lèvres sont d'un pimpant rouge plein air.

Comme elle se trouvait de permanence, je l'ai mobilisée dans la foulaga. Elle porte un pantalon gris, un pull en grosse laine aux tons bariolés, et un gros manteau de drap beige avec une écharpe jaune tricotée par sa vieille mère. Cela dit, sympa. Un cran à la Jeanne d'Arc, prête à bouter les malfrats de France. Je n'ai encore jamais eu l'occasion de bosser avec elle, non que je sois miso, mais mes occupations et les siennes ne concomitaient pas. Bien qu'elle soit une solide gaillarde, elle possède suffisamment de féminité pour qu'on préfère la grimper plutôt que l'Everest. M'est avis que je l'impressionne car elle ne dit rien et se tient parfaitement droite sur son siège, la ceinture bouclée serré, les mains croisées sur ses cuisses.

— Je crois que voilà l'*Auberge du Pont Fleuri*, non ? fais-je en découvrant une grande taule blanche avec des fenêtres à petits carreaux et de faux colombages pour faire normand.

— C'est écrit dessus, rétorque la belle Hélène.

Fectivement, un panonceau en arc de cercle au-dessus du portail annonce *Auberge du Pont Fleuri.* On entre, et tout de suite y a une esplanade semée de petits cailloux qui sert de parking. Ensuite, t'as une terrasse dallée, vide en cette saison, séparée du parking par des fusains. Des portes-fenêtres prennent sur la terrasse. Sur l'une d'elles on voit plein d'autocollants de l'American Express, de la carte bleue et toutim.

— Viens, collègue, fais-je en remisant ma tire, et essayons de faire vrai.

Je sors une valise du coffre, bourrée à la va-vite de n'importe quoi. Je la chope de la main gauche, je cueille la taille de ma compagne avec la dextre et on se hasarde.

La lourde aux autocollants donne sur un petit hall carrelé. Au fond, un comptoir d'acajou, avec des fanions du Rotary et d'autres clubs, sert de point d'ancrage à l'arrivant. Une petite pancarte flanque une sonnette à percussion. La pancarte dit comme ça qu'il faut sonner pour appeler. Je donne une tape au timbre et une longue note cristalline faufile ses ondes dans toute la taule.

Au bout d'un moment assez long pour mon impatience, une vieille dame s'annonce. Elle doit cogner le quatre-vingts facile ; elle a les cheveux bleus, très flous ; elle est peinte comme une marionnette et porte un kimono absolument bordélique, en soie noire incrustée de vilains dragons.

Son râtelier d'une pointure de trop nous sourit à l'anglaise.

— Monsieur, madame ?

Je m'incline :

— Bonjour, madame, et bonne année. On peut avoir une chambre ?

— Pour la journée ?

— Peut-être davantage, mon amie et moi cherchons un petit coin tranquille pour y passer quelques jours.

Elle nous vote un nouveau sourire de mère maquerelle réceptionnant une « petite nouvelle ».

— J'ai ce qu'il vous faut. La fenêtre donne sur la rivière.

— Merveilleux.

— Autrefois il y avait un moulin, mais il est en ruine.

— J'adore les ruines, assuré-je sans mettre trop d'intention.

Déjà elle a dégauchi une clé dans un tiroir et la voici qui trottine jusqu'à l'escalier verni.

— Je vous laisse monter votre bagage : Mathilde, la femme de chambre, a congé aujourd'hui parce que nous sommes le 1er janvier.

— De toute manière, je ne laisse jamais porter mes valises par une femme.

Elle me sourit.

— Vous êtes galant, ça se perd. Autrefois, j'ai connu des hommes galants, mais ils sont morts sans avoir été remplacés.

« De nos jours, les hommes ne tiennent plus la portière aux dames et entrent les premiers dans le restaurant sans s'occuper de leurs compagnes qui les suivent comme elles peuvent. »

Elle part à l'assaut des marches. S'arrête à mi-étage pour reposer son asthme. Sa respiration ressemble à celle d'une vieille locomotive à vapeur. Elle se tapote la poitrine pour nous signifier qu'elle a des problos côté soufflets.

— C'est paisible, ici, dis-je.

La mémé opine et halète :

— Juste les oiseaux... Et encore, en hiver ils la bouclent !

Elle achève son ascension et nous drive au bout du couloir. Chemin faisant, une porte s'entrouvre la moindre, juste pour permettre à un œil de nous capter, puis se referme aussitôt. Je note le numéro de la carrée : le 4.

Je tiens toujours Hélène par la taille. Ma valtoche racle les lambris peints en faux bois. La vieille aux dragons délourde et on a droit à une chambre vachement champêtre : papier cretonne sur les murs, rideaux et couvre-lit assortis. Les meubles font « campagne fin dix-neuvième ». Il y a même une coiffeuse avec du marbre blanc fêlé et un miroir rond orientable. Et puis deux tableaux à l'huile, très sombres, représentant des paysages.

— Exactement ce à quoi nous rêvions, n'est-ce pas, chérie ? demandé-je à ma compagne.

— C'est merveilleux, assure-t-elle.

Mamy Frisettes est toute joyce. Elle pressent un coup de verge imminent dans le Landerneau, la rhapsodie des sommiers pour dans pas longtemps. Et peut-être la bramade du pied, interprétée en duo par les arrivants.

— Vous avez un lavabo et un bidet derrière le rideau, annonce-t-elle ; par contre, je dois vous prévenir que les toilettes et la salle de bains sont dans le couloir. Un cœur est peint sur la porte, vous ne pouvez pas vous tromper.

Bon, merci beaucoup, m'dame.

Elle carapate à regret, attendrie par notre couple. Je lourde au loquet et vais à la fenêtre. En effet, elle « donne » sur la rivière et on aperçoit les ruines (en ruine) du moulin annoncé précédemment. Un jardin engourdi dans l'hiver, un verger aux arbres décharnés... Le ciel est bas. Quelques corbeaux y tournoient, sans espoir.

— Alors, programme? me demande ma « consœur ».

Je la regarde, je regarde le plumard. Elle a un sursaut.

— Hé! dites, commissaire, surtout ne vous gourez pas d'intentions. Je suis fiancée à un toubib que j'adore et je ne fais pas d'extra.

Furax, je lui riposte :

— Qui vous a parlé de forniquer, mademoiselle l'inspecteur?

Elle hausse les épaules.

— Le cheminement de vos yeux qui sont passés de mon cul au lit sans escale.

Je lui souris.

— Bravo pour la vertu, ma chère; c'est un bien inestimable. Cela dit, il va bien falloir faire « semblant ».

— C'est-à-dire?

— Nous sommes censés fêter ici la fin du ramadan, non? Des gens occupent cet hôtel, qui ne sont pas catholiques, et auxquels nous devons donner le change. Ils sont sur leurs gardes.

— J'ai vu, en effet, cette porte qui s'entrouvrait dans le couloir.

— Bravo, et quoi encore?

— Deux voitures sur le parking, dont l'une est immatriculée à Padova, Italie.

— Parfait.

— Et je sais également qui est la vieille.

Là, elle me cyclone les roupettes, la mère. Hélène dit, sans me regarder, tout en ôtant son manteau :

— Lorsque vous m'avez appelée pour me dire que nous partions mimer les amoureux transis dans une auberge louche de Vréneuse, j'ai téléphoné au sommier. La vieille qui tient ce coquet établissement est une ancienne bordelière qui fut la gagneuse de Miquet Lardeuss, un superbe bandit d'avant-guerre mort au champ de déshonneur, à la Libé, de douze balles dans la poitrine, plus une treizième dans la nuque.

— Dites donc, môme, vous êtes une vraie pro !

— Vous pensiez quoi ? Que je fourbissais les menottes à la peau de chamois ?

Elle est saine comme du pain chaud, cette gosse. Son toubib de mes pauvres deux a bien de la chance d'avoir de la veine. Avec une gnère de cet acabit, il est paré pour attaquer la vie. Elle lui donnera de beaux enfants et se montrera très aimable avec sa clientèle.

— Excusez, dis-je, il est temps de donner cours à notre frénésie. Un brin de toilette, pour commencer...

Je vais ouvrir les robinets un instant. Toujours rester dans la vraisemblance. En songeant que, si au lieu de mimer, on y allait franco, Hélène serait en train de se rafraîchir le joufflu, j'ai comme des vapeurs nitreuses qui m'investissent.

Une fois les robinets fermés, je vais me jeter sur

le lit. Ça grince, comme toujours dans ces sortes d'auberges à baise. Tant mieux.

— Essayez de faire vrai, je vous en conjure. Vous êtes du genre invectiveuse, soupireuse ou silencieuse ?

Elle rougit et balbutie :

— Vous, alors...

Je renaude :

— Ecoutez, petite, je ne vous ai pas embarquée dans ce sirop pour recoudre les boutons de mon pardingue : ils tiennent, maman les vérifie tous les jours. Je vais démarrer une petite danse du scalp et vous aurez la bonté de me témoigner de manière assez bruyante votre satisfaction, O.K. ?

Et voilà que je me mets à faire chanter le sommier, à la languissante pour commencer, ensuite plus frénétiquement. Je fais un signe à ma « collaboratrice ». Elle se détourne et se met à gémir des « Ohhh ! Ahhh ! Ehhh » assez lamentables.

Je m'arrête.

— Dites, môme, ça ne va pas la tête ! Vous poussez ces interjections quand le docteur Lapurge vous lime ? Je crois que vous ne m'avez pas encore compris : je suis sérieux, moi ! C'est pas de l'amusette.

— Mais comment voulez-vous, proteste-t-elle, je ne suis pas dans l'ambiance. Tout ça est... grotesque.

Putain, ce qu'elle vient de cracher, fifille ! A moi, l'Antonio tous azimuts ! Ami privé et personnel du président de la République ! Grotesque.

— Je vais t'en foutre de l'ambiance ! grondé-je.

Mon regard est si ardent qu'elle prend peur.

Moi, péremptoire, je l'entraîne jusqu'au dodo et l'y renverse. Qu'aussitôt : la grosse bisouille mouillée, accompagnée d'une main tombée au futal ! Cric, crac, le bouton du haut saute, la fermeture-Eclair fulgure. Ma paluche impitoyable se faufile, retrousse, rabaisse, se glisse, trouve, se met en place, puis en action.

— T'inquiète pas, chérubine, tu vas la garder ta chère vertu, le toubib pourra passer les lourdes la tête haute. Mais cela dit, tu vas me prendre ton peton, chérie. Et bien comme il faut ! Je veux du vrai, du spontané. Banco ?

Crois-moi ou va te faire godemicher par les Grecs, mais elle cesse de regimber, la môme. Une vraie pro, je te répète. Capable d'abnégation dans les cas difficiles. Elle se laisse déterger les robloches. J'occupe la totalité de son territoire sensoriel : nichemards, frifri... La bouche, les mains, hardi ! Bientôt elle y va à la roucoulade sublime.

Elle balance des « Ohhh ! » de grand style, garantis pur foutre. Elle trémulse des miches. Elle m'agrippe (espagnole) et ses ongles labourent ma chair comme on disait puis dans les romans grivois de jadis...

Au bout de dix minutes de cet échange, tu sais quoi ? Non, je veux pas le dire devant Dutourd, ça me gêne ! Il est pas là ? Bon. Figure-toi qu'elle me balance un désespéré : « Ahhh ! Prends-moi ! »

Non, tu te rends compte ? C'est changeant, une gerce, t'avoueras ! Il y a un instant, c'était l'hymne à la fidélité, mon toubib adoré, tout ça. Et maintenant, juste à cause d'une petite papouille au clito, mam'selle s'empâme et réclame la venue du Grand Mongol ! Que tant pis pour l'interne des hôpitaux de Paris, futur chef de clinique !

Je m'offre le luxe de refuser :

— Non, non, ma chérie, il ne faut pas, songe à ton fiancé ! Je t'ai promis de te respecter...

Elle hurle :

— Si ! Si, prends-moi ! Vite ! Ohhh ! Ahhh !

— Je te jure que c'est pas raisonnable, placé-je encore en dégainant néanmoins mon piolet.

Alors elle éclate :

— Prends-moi, je t'en conjure !

Eh ! dis, t'entends, Bazu ? Elle m'en conjure ! C'est pas la conjuration d'Amboise, mais celle de Vréneuse.

A l'*Auberge du Pont Fleuri* (qui ne l'est plus). Elle va m'injurier si je refuse de céder à ses instances. Bon, moi je taquine, mais ça ne va pas plus loin. Alors c'est l'enfourchement cosaque. La superbe délivrance épique. La charge héroïque. Messieurs les mousquetaires, sus aux ferrets de la reine. Plus besoin de lui supplier de faire semblant, Hélène. La grande gueulée grégaire. Depuis l'époque des cavernes, c'est du kif ! Le *big* vrahou sauvage ! L'appel de la forêt ! La cérémonie du panard ! Tu les jettes dehors à coups de rapière, ces merveilleuses. Les défenestres de leur standinge. Allez, ouste !

Je lui en livre vingt boisseaux, qu'elle ait des provisions d'avance pour si des fois y aurait la guerre. Elle est d'accord : « Mettez-le là, et puis là encore ! »

Elle est très saine, très fraîche. Une athlète polak, championne de saut à la perche. La perche, elle la maîtrise superbement. Moi, d'ordinaire, je l'avoue, je donne plutôt dans la vicelo-que. La bourgeoise friponne, la nana en bordure de nervouze capable de hardiesses vertigineuses. Je suis porté sur la cérébrale, celle qui s'explose scientifiquement, qui se réserve pour la fin ; la très savante, turluteuse de Mohicans. Ou alors la vachasse extra-conne qui monte en bite comme une mayonnaise ; toute plate au début, inerte, huileuse, et puis les sens s'en emparent. Très intéressant comme expérience. Tandis que l'Hé-lène, c'est du gabarit sérieux, de la fille à faire les bonnes brus, solides, équilibrées, pondeuses d'en-fants roses. Chair ferme et lisse, formes généreu-ses mais musclées. L'abandon naturel. Les glan-des vérifiées au banc d'essai. De la poulinière à pelage luisant, à réflexes impecs ! Après la trous-sée matrimoniale, elle court utiliser M. Propre et préparer la pâte pour sa tarte du soir.

Quand on a terminé de galiper, elle reste un instant inerte, à reprendre souffle et conscience, un sourire comblé au coin de la bouche, comme une pâquerette.

— Alors vous, vous me la copierez ! dit-elle.

— En autant d'exemplaires que vous voudrez, lui dis-je.

Je tends l'oreille, certain de percevoir un glisse-ment dans le couloir. Je te parie une caisse de bière contre une caisse d'horloge que quelqu'un nous a écoutés, et peut-être même visionnés par le trou de la serrure. Tant mieux, c'est tout ce que je souhaitais, bien que je n'aime guère batifoler en devanture.

Nous demeurons allongés, côte à côte. Elle a cessé de sourire, elle gamberge.

— Tu penses à ton toubib ? je la tutoie.

Elle acquiesce.

— Je m'étais promis de lui rester fidèle.

— Les sens et l'amour, ça fait deux, tenté-je de plaider.

— Va lui dire ça, à Albert...

— D'accord, mais comme il l'ignore, seule tu es concernée. La fidélité, c'est dans la tête, pas dans les fesses.

— Dans ma tête aussi il y a du remue-ménage, si j'ose dire. Tu m'as fait jouir comme un sauvage. A ce point, j'ignorais. Alors, je me pose des questions. Et les questions, il n'y a pas plus nocif pour l'amour. Rien ne peut empêcher que je pense à toi en le retrouvant. Et quand il me fera l'amour, je comparerai, c'est fatal.

— Y a pas que le zob, ma poule. C'est sûrement un type d'exception, Albert ; je l'imagine délicat, intelligent, prévenant...

Elle pouffe :

— Penses-tu ! il pète devant moi et ne parle que de tennis.

— Alors pourquoi l'aimes-tu ?

— Il a une belle gueule et son cynisme m'impressionne.

— Je t'accorde la belle gueule, mais le cynisme, tu sais, ne compose pas une personnalité. Oh ! merde, je sens que je t'ai cassé la cabane ! Je te demande pardon...

Elle caresse ma joue comme seule sait le faire une fille en état d'amour.

— Naturellement, ce qui vient de se passer ne compte pas pour toi. Il s'agit d'un simple « coup », comme disent les mâles. Tu as tiré un coup au hasard de notre équipée. La situation nous y conduisait droit et nous sommes tombés dans le panneau. Moi, du moins. Pour toi, c'était l'épisode polisson ; à raconter aux copains ensuite.

La voilà qui me fout le bourdon, tout à coup. Elle paraît infiniment amère. Un peu comme si je l'avais violée, Hélène. En fait, j'ai violé l'idée qu'elle se faisait d'elle-même. C'est moche. On saccage toujours. Il y a en nous une sorte de louche vandalisme qui s'exerce sans même que nous le voulions.

Je m'assieds en tailleur, près d'elle. Elle est encore offerte, ses cuisses un peu fortes me font penser à une statue de Mayol. Sa toison pâle ajoute à la beauté formelle du spectacle.

— Je vais être franc, Hélène... Je ne puis te dire à cet instant si cette étreinte a ou non de l'importance pour moi. Je ne le saurai qu'un peu plus tard. Tout à l'heure ou demain. Pour l'instant, je ne suis en effet qu'un mâle assouvi, merveilleusement assouvi. Il faut que mes burnes se rechargent pour que je sache, tu comprends ? Si j'ai envie de recommencer, envie de caresser ton corps, de te regarder, de te parler et de t'écouter, bon, alors ça voudra dire que ce moment pesait son poids de secondes ; sinon, il n'aura été qu'un chouette petit nuage rose qui s'effiloche à l'horizon.

Elle ne dit rien, se lève et passe derrière le rideau masquant pudiquement le matériel post-baisatoire. La flotte, glouglou ! *Bye bye* ma folie ! Bonjour, petite chattoune neuve.

Y a pas que son Albert : moi aussi, je suis

cynique; et sûrement davantage que lui! Pas exactement cynique : je comprends trop l'inanité des choses, quoi. J'aperçois trop la dérision des gens, la mienne en tête! On est dérisoires à ne plus oser se regarder. Mais faire quoi? En dehors de se pencher sur la souffrance, y a rien à tenter, rien à espérer. Je me demande ce que je fous là, moi qui suis bien pénétré de cette certitude, au lieu d'aller porter de la bectance aux chiares squelettiques des pays maudits. Moi qui sais la chose, qui y pense et qui me contente d'écrire des conneries. L'opprobre me submerge. Je sais même plus à qui demander pardon. Et d'ailleurs pour quoi foutre, pardon? J'y ai pas droit. Le pardon, c'est pour ceux qui ne savaient pas; qui n'avaient pas bien compris. Il est interdit aux lucides, aux délibérés, à ceux qui voient et qui se commandent un plateau de belons triple zéro!

Un ronflement de bagnole se fait entendre dans la cour. Je tends l'oreille. Une rumeur de conversation en bas. Les marches de l'escadrin qui craquent. On marche dans le couloir. Une porte s'ouvre et se referme non loin de la nôtre.

— Grouille-toi, l'amour! lancé-je à ma compagne.

CHAPITRE 5

On perçoit, au passage, un bruit de conversation derrière la porte 4. Des gens parlent à voix basse, mais véhémentement. Plutôt que de tendre l'oreille, je préfère descendre dans la vaste cour servant de parking. Hélène m'escorte, pensive. Nos ébats l'ont complètement chanstiquée. Ce fumant coup de bite lui cause un grave cas de conscience. C'est une personne à scrupules. Quelqu'un « de bien », quoi. « Les filles, jusqu'à ce qu'elles aient quinze ans, leurs parents ont peur qu'elles tombent en avant, et ensuite qu'elles tombent en arrière », déclarait avec un gros rire mon oncle Hugues qui en possédait cinq. M'est avis que Mlle l'inspecteur se fait, en tombant en arrière, des bosses à l'âme plus grosses que celles qu'elle se faisait à la tête en tombant en avant.

Avant de descendre les marches, je la saisis par le cou et l'attire à moi afin de lui rouler une galoche fougueuse.

— Je ne veux pas que tu te rendes malheureuse, petite chose, c'est joyeux, l'amour !

Elle rit mais ses yeux s'embuent.

— Tu m'en fais une drôle de femme-flic, chuchoté-je.

— Ça n'a rien à voir ! rebiffe-t-elle.

Mamie Cheveux-Bleus est en train de s'offrir un caoua derrière son rade. Les méchants dragons de son kimono crachent le feu pis que des lance-flammes.

Elle nous virgule un sourire radieux ; probable qu'elle a perçu notre gracieux tohu-bohu amoureux et qu'il l'a attendrie.

— Vous formez un beau couple, nous déclare-t-elle ; et vous commencez bien l'année.

Hélène rougit et reste coite. Je remercie la taulière d'un sourire complice irrésistible, du genre de ceux qui poussent les dames moins vioques aux sécrétions.

— C'est vraiment douillet, chez vous, lui dis-je. A quelle heure passe-t-on à table ?

— Ah ! oui, je voulais vous dire, aujourd'hui mon chef a congé. Mais j'ai du confit d'oie. Avec une bonne salade et une tarte aux pommes, pensez-vous que cela irait ?

— A merveille. Vos autres pensionnaires s'en satisferont également, je suppose ?

Elle hausse les épaules.

— Aujourd'hui, jour de fête, je n'ai que vous et de la famille.

On sort. Je gagne ma voiture, blottie derrière les fusains, et me grouille d'appeler la Grande Cabane. J'apprends qu'on a retrouvé Lurette dans la cabine publique de Vréneuse, près de la poste. Il a pris un coup de sacagne dans le bide et on l'a drivé à l'hosto où on est en train de l'opérer. Donc, pas mort.

— Il était inconscient ?

— Tout à fait : coma.

— De l'espoir ?

— Les toubibs n'ont rien dit, mais ils n'avaient pas l'air très joyces.

— Notez les numéros de chignoles que je vais vous communiquer et grouillez-vous pour en apprendre un maxi sur leurs propriétaires. L'une d'elles est italienne. C'est une Alfa rouge. La seconde est une Juva blanche fatiguée. La troisième une grosse tire américaine bleue avec deux obus noyés dans le pare-chocs. Ces deux dernières sont immatriculées dans les Yvelines.

Mon correspondant prend note et je raccroche.

On se dirige, enlacés, vers la berge, Hélène et ma pomme. Bien chiquer aux amants épris de belle nature après le coup de verge de l'arrivée. On se refait de la sève parmi les arbres dénudés, en matant l'eau claire et la vieille roue disloquée de l'ancien moulin, verte de mousse et d'algues.

— On est en plein dedans, n'est-ce pas ? murmure Hélène.

— Qu'entends-tu par là ?

— Cette auberge est tellement louche que je m'étonne qu'on nous y ait acceptés.

— Ils sont sur le qui-vive depuis qu'ils ont repéré et neutralisé ce pauvre Lurette. S'ils se mettaient à refouler la clientèle de passage, ils savent bien que ça paraîtrait suspect. La petite vieille est une excellente couverture.

— Vous avez une idée à propos des gens qui sont ici ?

— Oui, et une idée assez précise même.

Et tout à coup, ma décision se fait.

— Viens, grouillons !

— Quoi ?

J'arque à grandes enjambées pour contourner les ruines du moulin et rejoindre la petite route secondaire bordant les communs de l'auberge. Parvenu sur cette voie discrète, je me mets à raser les murs en marchant sur le petit contrefort herbeux qui les sépare du chemin. J'ai retapissé une petite porte au niveau des fusains. Dieu soit loué, elle n'est pas fermée à clé. Nous pénétrons sur le parking sans être vus de l'auberge. Je tire de ma fouille intérieure un petit objet qui a la forme d'un nœud de barbelé, mais en très gros, et vais le placer devant l'une des roues de la chignole ricaine. Dès qu'elle démarrera, les pointes acérées de l'objet s'enfonceront dans la gomme du pneu, le crevant superbement. Cela accompli, j'extirpe mon sésame et ouvre le coffre de l'énorme carriole.

— Je me planque là-dedans, dis-je à Hélène, j'ai un bip-bip sur moi, le récepteur se trouve dans ma tire. Quand le mec de ce tas de ferraille partira, laisse-lui prendre du champ, puis mets-toi à le suivre avec ma pompe. Grâce au bip-bip tu n'auras pas besoin de nous voir, donc de risquer d'être vue. Selon mon estimation, il ne fera guère plus de deux ou trois kilomètres avant de constater qu'il a un pneu à plat. Il devra donc changer de roue. Pour cela il ouvrira son coffiot et qui trouvera-t-il alangui sur sa roue de secours ? Le cher Sana, feu en pogne. Nous aurons alors une explication, lui et moi. Toi, tu surviendras gentiment. Arrête-toi dès que tu nous verras et attends que je te fasse signe d'approcher. Vu ?

Elle opine.

— Maintenant, retourne dans la rue et attends que nous décarrions. Oh ! auparavant, sois gentille : referme la porte du coffre.

Par veine, il y a une couverture dans la malle de l'auto. C'est un plaisir que d'être hébergé dans cette voiture ricaine. A peine si je dois me mettre un tout petit peu en chien de fusil. J'espère néanmoins que le visiteur ne passera pas la journée à l'*Auberge du Pont Fleuri !*

Il s'écoule près d'une heure avant que des pas fassent crisser les graviers du terre-plein.

A l'oreille, j'en détecte trois. Ils viennent à l'auto sans parler. Mais au moment de la séparation, ça se met à jacter. Un homme, ayant un fort accent italien, murmure :

— Alors, vous êtes bien sûr que c'est fichu ?

L'interpellé répond, sans accent, lui :

— Archifichu, ou alors, il faudrait mettre en œuvre les grands moyens, c'est à vous de voir.

Un silence. Celui qui vient de jacter monte en bagnole côté passager. Donc, ils seront deux. A toi d'aviser, mon San-Antonio.

Le premier qui a parlé reprend, mais en italien cette fois, à l'adresse du troisième qui n'a encore rien dit :

— Explique la situation à ceux de Milan ; je préfère ne pas m'y risquer d'ici. J'ai l'impression que ça va sentir le brûlé.

— O.K. ! répond l'autre (mais en italien). Il y a du monde dans l'albergo, en dehors de vous ?

— Un couple vient d'arriver.

— Inquiétant ?

— Je ne pense pas : ils ont baisé comme des fauves et sont partis se balader.

— Tu es sûr ?

— Je me suis payé un jeton par le trou de la serrure, la fille a un cul superbe, comme je les aime !

Il ricane.

— Tiens, c'est leur voiture, ça. Une Maserati ! T'as déjà vu des flics en Maserati ?

— Allez, *ciao !*

Le troisième s'installe au volant. La portière claque lourdement et on démarre.

J'étudie la stabilité de la voiture, mon appareil perforateur est en train d'accomplir sa mission, j'espère qu'il aura raison de ce boudin. Parfois, dans les tubless, ils foutent un produit qui obstrue les trous de l'intérieur du seul fait de la pression. Note que mon diabolique engin est conçu pour déchiqueter, car ses pointes sont en lame de scie et ont en outre la forme de petites baïonnettes.

En effet, au bout d'un instant, je perçois des tic... tic... tic... réguliers et je pige que mon barbelé d'amour entre en contact déjà avec la jante, preuve que le pneu est presque à plat.

L'auto chasse du fion. Malgré la paroi isolant le coffre de l'habitacle, j'entends le chauffeur pousser un juron.

— On a crevé ! dit-il à son passager.

— Bon Dieu, un bateau pareil, ça ne doit pas être commode de changer la roue ! rétorque ce dernier.

L'auto accentue ses écarts, ralentit et stoppe.

« Ça va être à vous, monsieur le commissaire ! » me dis-je fort cérémonieusement.

Le gonzier sort de son sous-marin, claque la porte, pas qu'il se remplisse d'eau et vient délourder le coffiot en pestant.

Un ciel gris comme une frime d'huissier me projette sa lumière dans les vasistas. J'avise un grand diable avec un blouson de daim. Il est très brun, les pommettes osseuses, les arcanes souricières (comme dit Béru) proéminentes, avec des rouflaquettes comme on n'en porte plus depuis que la mode des danseurs argentins est passée.

Je lui souris. Il paraît stupéfait. Mon gros pétard l'intimide.

— Tes bras ! chuchoté-je.

Il murmure :

— Qué ?

— Tes bras : lève-les !

Bon, il se déguise en silhouette gaullienne en train de françaises-francer sur un balcon d'hôtel-de-ville.

Je sors de mon logement, un peu engourdi, et même beaucoup. Exécute quelques mouvements assouplisseurs.

Nous nous trouvons en rase campagne. Au loin, un type bricole je sais pas quoi dans son champ, perché sur un tracteur. En cette saison, je me demande ce qu'on peut maquiller en fait de cultures.

— Je peux vous donner un coup de main ? demande le compagnon de route du grand daim.

— Ça va ! je lui grommelle moi-même personnellement. Tourne-toi dos à moi, Grand ! enjoins-je.

Il obéit. Je me mets à palper ses vagues, mais il n'est pas armé.

Pour ouvrir le coffre il a dû retirer la clé de contact de son tableau de bord puisqu'elle est accrochée au même anneau que celle de la malle.

Je biche le trousseau, l'enfouille.

— On va aller bavasser dans la tire, c'est plus moelleux, je lui fais-je.

Je coule un regard sur la route, derrière nous, comptant apercevoir Hélène, mais je renouche ballepeau.

— Grimpe dans ton tank, *amigo !*

Je continue de le viser pendant qu'il reprend sa place. Un qui en tombe raide, c'est le compagnon. Imagine un calvitié au crâne et un nez pointu, portant des lunettes d'écaille. Il tient, comme je m'y attendais, une espèce de pilote-case noir sur ses genoux.

J'ouvre la portière arrière. Me jette dans la guinde, pas que le grandu puisse mettre mon mouvement à profit pour risquer l'exploit.

L'intérieur de la chignole est tapissé de skaï bleu rêve et sent le parfum à trois balles la bonbonne.

— Personne ne bronche, messieurs, avertis-je, sinon il y aura de la cervelle plein le pare-brise. Et je préfère vous avertir que la détente de mon feu est d'une sensibilité d'écorchée vive. Si je pense trop fort à elle, elle s'actionne toute seule !

— Qui êtes-vous et que nous voulez-vous ? demande l'homme au crâne en pain de *sugar* d'une voix de fausset.

— Non, non, dis-je chacun son rôle : c'est toujours celui qui tient le pétard qui s'occupe des questions ; les autres n'ont plus qu'à répondre ; vous devez savoir ça, docteur !

Il réagit au titre que je lui accorde.

— Pourquoi, docteur ? demande-t-il.

— Votre trousse et votre odeur d'éther, plus une certitude bien ancrée.

Je n'ai pas terminé ma phrase que le tonnerre éclate dans ma tronche. C'est le blouson de daim qui vient de me tirer dessus, à vingt centimètres ! Il a dû dégager en loucedé une arme de la poche-portière ! Je me sens sonné. Un instant je me dis : « Ça y est tout de même, Sana : t'es clamsé ! » Et puis je pige que mon réflexe a joué plus vite que ma pensée. Mon corps a plongé avant que la balle ne sorte du canon. A mon tour, je défouraille à travers le dossier de la banquette. Le grand sec aux argentines rouflaquettes aboie un cri agonique. Je lui ai largué combien de valdas ? Trois, quatre ? On ne s'entend plus tousser dans cette tire. Un nuage gris opacifie l'intérieur.

Le toubib se jette dehors et se met à galoper.

J'ouvre ma lourde.

— Stop ! hurlé-je.

Tu croirais un dessin animé, quand le chat freine à bloc des talons pour pas emplâtrer le mur en courant après la souris ; mais il passe à travers quand même.

— Revenez, doc ! lancé-je d'une voix plus calme, on a un mourant dans cette voiture, c'est pas le moment de détaler. Non-assistance à personne en danger, pour un toubib ça la fout extra-mal !

L'oreille, le nez et la queue (je suppose) bas, il réintègre sa place.

Avant qu'il ne s'installe, j'ai raflé la pétoire du grand méchant qui gisait sur la banquette.

— Alors, docteur, ça se passe comment pour monsieur ?

On assiste alors à cette scène étrange d'un médecin complice d'un gredin, auscultant celui-ci que le terrible flic d'élite vient de plomber en état de légitime défense. Nous trois dans cette guinde, ça ferait une scène choc, je te promets. Mon pote Verneuil lit ça, je le trouve sur mon paillasson avec un producteur tenant une brassée de chéquiers.

Au bout d'un instant, l'homme au crâne en suppositoire murmure :

— Cet homme est mort.

Moi, tu sais quoi ? Je biche mes menottes, clic-clac ! Le toubib a son poignet gauche relié au volant de la grosse Ricaine.

— Cette fois, trêve de balivernes, lui dis-je. Je lui montre ma carte.

— La vérité, doc ! Et à toute allure, je vous prie !

Etre enchaîné à une bagnole immobilisée, au côté d'un cadavre, n'est pas euphorisant, je crois que c'est le prince d'Edimbourg qui me le faisait remarquer l'autre jour dans les toilettes du *Fouquet's* où nous étions venus, lui et moi, épancher nos trop-pleins : miction dangereuse ! Aussi le toubib, tout marron qu'il soit, devient vert.

Avant qu'il ne jacte, je le détrousse de son portefeuille. J'apprends qu'il est le docteur Alex Handrin, de La Garenne-Pigeon, ex-interne des hôpitaux de Paris.

J'enquille sa carte d'identité dans ma poche

et, ce faisant, tu sais quoi? mes chers doigts rencontrent un trousseau de clés.

« Malédiction ! » m'écrié-je dans cette Ford intérieure, une « Custom » (sur mesure), j'ai omis de donner à Hélène les caroubles de ma Maserati. Triple con ! Voilà pourquoi la biquette n'est pas à son poste !

Le docteur Handrin se met à jacter. Il est au bord des larmes. Oui, voui, vaoui, il va me la dire la vérité, toute, à poil, bien briquée. Il fut l'ami de Mamie Rolande, la patronne de l'auberge. Elle tenait une maison de rendez-vous, une quinzaine d'années auparavant. Il godait pour les putes, le doc : chacun son zobbie, comme dit si justement Bérurier. Il avait des marottes à lui, Mister La Purge ; des goûts salingues, à grand spectacle. Il exigeait beaucoup de mise en scène, et des prouesses rarissimes.

Il ose pas me préciser quoi mais que, toujours est-il, un vilain soir, l'une des pensionnaires à Rolande a défunté inopinément, si j'ose risquer un pareil terme en un pareil lieu. Crac ziboum ! l'arrêt du cœur ! Il a tout essayé pour la récupérer, peine perdue : elle était vachement morte pour son âge ! Une gosseline de vingt-huit bougies à peine, alsacienne, blonde et d'une putasserie indicible ! Elle participait à bloc aux séances pernicieuses du doc, et puis tu vois : la fatalité... Catastrophe ! Heureusement, la Mamie n'a pas perdu son self. Elle a mis le marché en main à Alex. Elle consentait à la boucler, à condition que le toubib se dépatouille avec le permis d'inhumer et les roussins.

Heureusement, la fille logeait dans l'immeuble

du bouik. On l'a regrimpée dare-dare dans son studio du cinquième. Alex Handrin a tubé aux flics et s'est expliqué avec eux. La fille lui avait téléphoné comme quoi elle souffrait d'un malaise, il s'était pointé, lui avait fait des piquouzes mais une syncope sans retour avait saisi la malheureuse et elle lui était claquée dans les bras. La chance lui avait souri, au doc. Messieurs mes confrères du commissariat avaient coupé dans ses vannes brumeuses. Affaire classée. La mort d'une pute, ça ne passionne pas tellement les archers de la République.

Seulement, depuis cette funeste mésaventure, la Mamie Rolande le manœuvrait de temps à autre, ayant, comme tu le penses, barre sur lui. A différentes reprises, il avait dû rédiger des ordonnances de complaisance, prescrire des produits à la limite du hors-jeu, soigner des messieurs que l'hosto épouvantait. C'était le cas présentement. Au petit *morning*, la vieille Rolande lui avait demandé de se munir du matériel propre à soigner une blessure par balle. Il avait objecté que sa bagnole se trouvait chez le carrossier à la suite d'un méchant emplâtrage. Qu'à cela ne tienne : on lui envoyait quelqu'un. Et voilà que le quelqu'un est clamsé à son côté. Fatalitas !

— Parlez-moi un peu du blessé, docteur.

— C'est un Italien. Il a reçu une balle dans la cuisse cette nuit, le projectile a fait éclater l'os iliaque et s'est logé dans la colonne vertébrale, lésant irrémédiablement la moelle épinière.

Non seulement le gars est paralysé, mais la blessure est si grave qu'il est foutu. La balle n'est pas ressortie et le doc n'a rien pu tenter par manque de moyens.

A la fin de l'envoi, il se mouche.

Ça y est : il chiale.

— Ma vie est finie, annonce-t-il. Je serai radié de l'ordre des médecins, je vais faire de la prison, ma femme qui déjà me trompe demandera le divorce et je serai privé de mes chers enfants.

Pleure, infortuné maniaque ! La loi est dure, mais *sed lex !* Toute faute doit s'expier.

— Vous n'aviez jamais vu ce type ? insisté-je en désignant celui qui aspirait à devenir mon meurtrier mais qui, de ce fait, devint ma victime.

— Mais non, jamais ! Excepté les petites exigeances de Rolande, j'ai une vie irréprochable.

— Les vies irréprochables ne comportent pas d'exceptions, doc. Allez, *bye-bye !*

Je quitte la chignole.

Avant de m'éloigner, je me penche sur sa portière.

— Tenez, je vous fais une propose, mon vieux ; la même que vous fit la Rolande, jadis : démerdez-vous ! Vous êtes dans la mouscaille, essayez d'en sortir.

Il bleuit (ce qui est le paroxysme du vert).

— Vous n'êtes donc pas de la police ?

— Si ; mais j'ai ma vitesse de croisière à moi. Je me taille. J'ai tout mon temps pour m'expliquer sur les événements de ce matin. Je vous laisse carte blanche. Si vous parvenez à convaincre mes collègues que vous faisiez du stop et que ce type est mort du S.I.D.A., tant mieux pour vous, je laisserai pisser le mouton. Je vous signale toutefois que j'ai déjà communiqué le numéro de cette bagnole à mes confrères.

Là-dessus je m'éloigne d'un pas martial sur la petite route. Le tracteur a disparu et les corbeaux voltigent au-dessus du champ désert comme des feuilles mortes.

CHAPITRE 6

Un camionneur obligeant m'a drivé jusqu'à Houdan. De là, j'ai frété un taxi pour Vréneuse.

L'auberge paraît tranquille. J'avise ma tire sur le parking, au côté de la Juva. Par contre, l'Alfa ne s'y trouve plus.

Inquiet, je gagne l'habitation après avoir casqué mon driver. Tout est silencieux. D'un pas souple, je grimpe jusqu'à notre chambre : vide; mais un désordre indescriptible y règne. On l'a fouillée à la va-vite, sans se soucier de refaire un brin de ménage par la suite. Je fonce alors à la chambre 4. Elle est vide aussi, si l'on excepte le cadavre d'un des deux Ritals en complet rayé du *Grand Vertige*. Il gît sur le lit, tout enchifrogné par la mort. On lui a fait péter la tronche d'une balle dans la nuque. Le coup de grâce, somme toute. Puisqu'il était irrécupérable, c'était la meilleure manière de se séparer de lui.

Cette fois, il a la rate au court-bouillon, l'ami Sana !

Je dévale l'escalier cinq à cinq (quatre à quatre, c'est pour les podagres). Parvenu au rade, j'actionne le timbre d'appel comme un wattman la carillonnette de son tramway lorsqu'il aperçoit une fillette en train de faire des pâtés de pavés sur la voie. Mais la vioque n'apparaît point.

Bon, y a eu *emergency* d'urgence. Pourtant, une mouillante odeur de confit d'oie en train de se déconfire, titille mes naseaux. Je cherche la cuistance et la trouve facile. Une coquelle noire, toute semblable à celle dont use ma Félicie, se laisse chauffer le cul sur un fourneau grand comme un comptoir des Indes. Mamie Rolande est affaissée devant son piano. Elle aussi a eu droit à la praline dans le bulbe. Il a une façon peu orthodoxe de prendre congé de ses hôtesses et de ses potes, le second Rital rayé. *De profundis* à répétition. Seulement voilà, *quid* de la gentille Hélène ?

Je parcours tout le bâtiment en la hélant. Une espèce de dinguerie me biche. Le phénomène dont je lui parlais naguère se met à jouer à plein. Je ne veux pas qu'il lui soit arrivé malheur, à cette gosse. *Il me la faut encore !* Elle me manque déjà ! Hélène, ma fliquette ! J'ai besoin de tes belles cuisses solides et douces, de ton duvet, de ton odeur de femme saine, de ton regard apeuré par la vie... Hélène ! Ah ! non, je ne t'ai pas entraînée au casse-pipe, dis ! Où es-tu ? Hélène, ma chérie, ma Jeanne d'Arc, ma pouliche hennissante, mon royal cadeau du 1er janvier !

Hélas, hélas, hélas ! comme l'a dit si justement un ancien président de la République (à présent ce sont les Français qui reprennent l'expression) : « seul le silence me répond » (Ponson du Terrail).

Treize abattu, je décroche le téléphone pour appeler mes collègues de la maison mère.

— Du nouveau à propos des bagnoles dont je vous ai fourni les numéros ?

— La Juva appartient à une certaine Rolande Froidevache, domiciliée à Vréneuse, Yvelines.

— Je sais, *after ?*

— L'Alfa est une voiture de démonstration attribuée au garage Mortadelli, de Padova. Elle a été volée, mais le patron du garage ne s'en était pas aperçu, à cause des fêtes.

— Diffusez son numéro à tout va, le dispositif *number one !* Et, attention, en cas de coup dur, notre gentille consœur, l'inspecteur Hélène Dussardin a probablement été embarquée en otage ; ensuite ?

— Concernant l'américaine, Ford Custom bleue, elle appartient à un danseur noir nommé Méoutuva Didon, domicilié 613 rue de Montholon, dans le neuvième.

— *That's all ?*

— Non, monsieur le commissaire : c'est tout !

Parvenu à cet équinoxe de l'histoire, comme chaque fois, t'auras remarqué, j'en fais le point dans ma poche.

Toujours récapituler au bon moment, ça permet de prendre ses distances, de contrôler le développement des faits, de percevoir les agissements des êtres.

Washington prévient l'Elysée qu'il se pourrait qu'un coup tordu se prépare contre le président ; coup tordu mijoté par un gangster illustre : Al Kollyc, lequel serait en contact avec des chefs des Brigades rouges ritales.

Al Kollyc est descendu chez un bon ami à lui, espèce de vieux forban garé des voitures et ayant pignon sur rue : César Césari-Césarini.

Voilà, ça, c'est le premier paragraphe. Net, carré, sans bavures.

Deuxième paragraphe.

Kollyc passe quatre jours chez son ami. Il vit pratiquement enfermé dans sa chambre où il use la plus grosse partie de son temps à téléphoner. Le soir du 31 décembre, il refuse de réveillonner avec la famille Césari-Césarini car il a rendez-vous avec deux « messieurs italiens ». Sur les instances de César, il revient sur son refus, et convie ceux-ci au *Grand Vertige.*

Troisième paragraphe : la soirée !

Au douzième coup de minuit, un tireur déguisé en dame abat Al Kollyc depuis une petite loggia, au moyen d'un fusil à lunette dont, ensuite, Césari-Césarini prétendra qu'il lui appartient.

Assertion confirmée par sa famille, mais démentie par ses deux domestiques. Les deux Italiens (présentés sous les prénoms courants d'Aldo et de Luigi) se font la paire immédiatement après l'attentat. Ils poignardent mon collaborateur, l'officier de police Jean Lurette qui leur coupait le passage. Celui-ci riposte avec son flingue. L'un des deux Transalpins est très gravement touché, malgré tout le tandem parvient à fuir à bord d'une Citroën noire.

Quatro : les deux Italiens vont chercher refuge dans une coquette localité de la banlieue ouest, à l'*Auberge du Pont Fleuri,* tenue par une vieille bordelière reclassée. Jean Lurette que j'ai laissé au *Grand Vertige* parvient à retrouver leur trace, j'ignore comment. Les gars, ou des complices à eux, le reconnaissent et le plantent une deuxième fois, mais dans le ventre. Le jugeant mort, ils le laissent sur le carreau. Lurette retrouve ses esprits et suffisamment de forces pour se traîner jusqu'à une cabine téléphonique, d'où il me prévient. Ensuite il sombre dans le coma.

Cinquième paragraphe.

Je descends à l'*Auberge du Pont Fleuri* en compagnie d'une ravissante consœur, en touristes ! L'y baise divinement pour accréditer notre côté « lune de miel », puis me mets en action. Je me placarde dans le coffre d'une bagnole ricaine. En cours de route je suis obligé de flinguer le chauffeur. A bord se trouve un toubib véreux qui se met à table. Je retourne à l'hôtel. Le Rital blessé et la tenancière ont été froidement abattus par le deuxième type en costume rayé, lequel a, ensuite, pris la fuite, emmenant avec lui, je le crains, la gentille Hélène.

Bien, alors j'en suis là.

Je m'efforce de calmer mes angoisses concernant la gentille *policewoman* dont l'admirable cul chante dans mon noble cœur. Garder la tête froide. Je me répète mon résumé. Tout de suite un élément particulier m'apparaît : l'Alfa Roméo.

Les deux Italiens ne l'ont pas utilisée pour se rendre au *Grand Vertige.* Ils usaient d'une Citroën noire immatriculée à Paris, dont le premier chiffre d'immatriculation est 1 et le dernier 8. Seulement, quand je suis arrivé à l'auberge, quelques heures plus tard, cette voiture ne s'y trouvait plus. Alors quoi ?

Je musarde dans la nécropole, à la recherche de

quelque chose pour me sustenter. Je déniche une bouteille de Pouilly Fuissé dans le réfrigérateur, ainsi qu'un beau morceau de pâté de campagne. Je vais m'installer dans un petit salon pour claper. L'homme est une machine en activité, qui ne fonctionne que si on la fournit en carburant.

Je bouffe et pendant que je mastique, ça vient. Le troisième homme, celui que j'ai assaisonné dans l'auto, accompagnait les deux costars rayés. Quand ils sont venus (après s'être débarrassés de Lurette), ils se sont dit qu'il fallait dégager la Citroën d'urgence car on avait eu le temps de retapisser son numéro. Le troisième homme est donc allé la vaguer quelque part et puis s'est procuré une tire ricaine. Où l'a-t-il chouravée ?

Je compose un numéro illustre, puisqu'il s'agit de celui des Bérurier. Faut laisser carillonner interminablement avant que le Gros vienne répondre.

— Ça doit z'êt' une erreur ! bougonne-t-il d'entrée de jeu.

— Mais comme elle est juste, tout va bien, réponds-je.

— Oh ! c'est toi, déjà levé ?

— Je ne me suis pas couché !

— Il est midi !

— Et dans douze plombes, il sera minuit !

— Qu'est-ce tu viens de bouffer, ça sent le pâté !

— Du pâté !

— De campagne ?

— De rase campagne !

— Av'c des p'tits corninches et des zognons blancs ?

— Non, nature. Il se suffit à lui-même.
— Il est gras z'à point ?
— Juste comme tu l'aimes.
— Y a d' la gelée autour ?
— Un minimum.
— T'as du pain égal'ment d'campagne pour étaler dessous ?
— Non.
— C'est dommage.
— Consternant.
— Et t'as pas moilien de s'en procurer ?
— J'ai trop faim pour partir à la recherche d'une boulangerie ouverte.
— Tu écluses quoi, en l'bectant ?
— Pouilly Fuissé.
— Du Brouilly eusse z'été préférab'.
— Peut-être...
— Il est frais, l'Pouilly ?
— Glacé.
— Pas trop, j'espère ?
— Non, pas trop.
— Fruité ?
— Un délice.
— Il vient d'chez qui ?
— J'ai pas la boutanche sous les yeux.
— Et ensute, tu vas bouffer quoi ?
— Du confit d'oie.
— T'as de la chance.
— Je sais.
— Du confit d'oie... d'oie ?
— J'en suis convaincu.
— Tu t'laisses pas abatt'.
— Non, j'abats les autres. Toujours prendre

les devants ! Ton interview est terminée, Alexandre-Benoît ?

Un silence. Je l'entends libérer un grand pet comme le hululement d'un chat-huant ; puis il se gratte les poils de la poitrine, ensuite ceux du service trois pièces, et termine par un petit rot rêvasseur avant de soupirer :

— Qu'est-ce y a pour l'service ?

— Un danseur noir nommé Méoutuva Didon, 613 rue Montholon, possède une grosse chignole ricaine bleue, marque Ford Custom. Tu vas trouver ce type et lui faire dire à qui il a prêté sa tire. Ensuite, fonce au P.C. des Champs-Zé et attends que je t'y appelle. Ça joue ?

— Banco. Dis voir, Tonio, s'il s'rait tant tell'ment bon, c'Pouillé Fûté, t'n'pourrais pas en ram'ner une bouteille ?

J'ai jamais rencontré un type plein aussi avide. D'où mon mouvement de mauvaise humeur qui interrompt ce dialogue claudélien.

Ça me fait tout bizarroïde de vaquer dans cette turne où gisent deux morts. Ce qu'Eugène Dabit (le peu connu) aurait appelé « des morts tout neufs », puisque frais équarris au 1er janvier. Que faire ? Aux trousses de qui me lancer ? J'imagine que le Rital au complet rayé a dû prendre Hélène en otage, comme pébroque au cas où ça se mettrait à vaser trop fort.

Pour tromper mon désarroi, je vais inspecter la chambre et les fringues du type abattu ; mais son complice a ratissé et je ne trouve rien. Pourtant, au moment de quitter la pièce, un souvenir m'afflue.

Le vrai coup de poing dans les gencives !

« Commissaire d'opérette (et le poteau laid) ! me dis-je. Matamore (aux dents) pour repas de noces ! Crétin (de Chavignole) monté sur boucle ! Tu devrais rendre ta carte et courir t'inscrire au chômedu comme tout le monde. Est-ce possible ! Un homme comme toi ! Oublier une chose pareille ! »

Je retourne au biniou. Comme un des ratés (t'as le choix, y a que ça !). En composant le numéro de chez nous, je reçois des odeurs de confit brûlé. Dommage ! Une oie morte pour rien. Et une vieille dame pareillement : effacée alors qu'elle savourait les joies de la vieillesse gaillarde. Cela dit, elle aurait dû rester au propre au lieu d'héberger des forbans de grand style, la pauvre chérie !

— M'man ?

— Mon chéri !

Cri du cœur. Que dis-je : de l'âme ! Du ventre ! « Son chéri. » Moi, grand balandard à la con, pineur invétéré, malmeneur de criminels... Déconneur d'à n'en plus pouvoir...

Son chéri, si chéri et si « son ». Ah ! ma vieille, du temps que je te tiens, laisse-moi t'offrir une rose.

— Tu veux bien aller à ma penderie, ma grande ? Dans une poche du smoking que j'ai posé ce matin, tu trouveras une enveloppe contenant des photos. J'aimerais que tu les examines et que tu me racontes ce qu'elles représentent...

— D'accord, je me dépêche.

— Mais non, m'man : prends ton temps...

Elle a déjà posé le combiné. Toinet joue avec sa petite auto téléguidée en faisant un ramdam du diable. La bonne profite de ce que ma vieille est en haut pour l'engueuler en espingo, comme quoi il est la chierie vivante, un garnement pire que la plus verte des coliques, et d'autres trucs encore que je traduis mal parce que ce sont des ibériqueries locales.

— Oui, tu te rends compte ? Tout au feu de l'action, je n'ai plus pensé à l'enveloppe Kodak que le blessé a perdue en grimpant dans la chignole, devant le *Grand Vertige !* L'ai empochée à la diable, et puis oubliée. Ça, c'est de la faute professionnelle grave. On serait sous Louis XV, je serais roué vif en place de Grève. L'odeur de brûlé est si intense que je cours jusqu'à la cuisine pour retirer la coquèle du feu. Ce que c'est abracadabrant, ce confit d'oie brûlé, et la vieille femme abattue comme une chienne par un bandit à sang froid.

— Allô ! Allô ! Antoine ? dit ma Félicie dans la passoire.

— Je te demande pardon, m'man, on m'appelait sur une autre ligne, alors ? Qui donc, sur ces photos ?

— Personne.

— Comment ça, personne ?

— Elles représentent un mur bordant un parc, car on voit beaucoup d'arbres par-dessus. Et puis une grue peinte en jaune, très haute, près de ce mur, mais il y a une rue entre l'engin et le mur. Une rue déserte qui me rappelle vaguement quelque chose ; c'est très probablement une rue de Paris.

— Quoi d'autre ?

— Rien, il n'y a que quatre photos et ce sont presque les mêmes : le mur, la grue, la rue. Ç'a été pris le soir, car le fond de la rue se perd dans l'ombre.

— Je peux te demander un grand service, ma poule d'eau ?

— Evidemment.

— Appelle un taxi et va porter ces photos à Mathias, aux Champs-Elysées. Si d'aventure il n'y était plus, fonce jusqu'à son domicile, tu connais l'adresse ?

— Elle est dans le carnet jaune.

J'ajoute :

— Emmène Toinet et allez bouffer des crêpes à Paris, ça lui fera une petite fête. Ce soir on s'offre une surpatte géante, m'man. Juré, craché ! Le Château d'Yquem est toujours au frigo ?

— Tout à fait en bas.

— Laisse-le se faire une santé, on le changera d'étage une heure avant de passer à table.

Mon baiser est solide sur l'ébonite du combiné. Je me torche les lèvres avec répulsion en songeant aux canailles qui se sont servies de ce téléphone avant moi !

A ton avis, Lord Trouduc, ça veut dire quoi, cette grue et cette rue tranquille bordée d'un haut mur ? Mur de prison ? Les costars rayés' brothers mijotaient de faire évader quelqu'un, profitant de travaux en cours ? Je suis confiant en Mathias, il saura découvrir de quoi il retourne. Tiens, je vais lui passer un petit coup de grelot pour le prévenir.

Ma surprise est forte quand au lieu de son organe masculin, c'est une voix de sorcière qui répond. Dame Mathias ! Seigneur, que fait-elle à notre P.C. des Champs-Elysées, la mégère inapprivoisable du Rouquin ?

— Ah ! c'est vous ! C'est vous, maudit ! qu'elle m'attaque, bille en tronche. Un commissaire, vous ? Je ris ! (Elle rit façon Méphisto dans Faust-Ne donne un baiser ma mie que la bague au doigt.) Un criminel, môssieur ! De la basse espèce ! Un sadique ! Que dis-je : un dépravé ! (Je vois mal la nuance.) Mes enfants, môssieur ! Vous avez vu mes enfants ! Dans quel triste état ils sont, ce matin, pour commencer l'année, alors que nous devions aller déjeuner avec mes parents ! Ils sont verts et ils vomissent à gorge déployée ! Enivrer des innocents, mais vous êtes donc un monstre ! Barbe Bleue !

Je la laisse liquider sa bile. Hélas, elle en a des hectolitres à mon service, cette carne pondeuse.

Profitant de ce qu'elle est à court d'oxygène, je lui demande de me passer son mari.

— Non, môssieur ! rétorque-t-elle, je ne vous le passerai pas ; sous aucun prétexte. Il va demander sa mutation dès demain. Je ne resterai pas sa femme s'il s'obstine à collaborer avec l'individu sans moralité que vous êtes. Ce sera vous ou moi, môssieur !

Là-dessus, j'entends un bruit sec, suivi d'un cri, puis d'un choc. Elle a largué le combiné. Les cris continuent, accompagnés de sanglots. Toute une marmaille en transe se joint au concert pour composer la chorale des lamentations.

Une bonne voix grasse entre en ligne.

— Béru ! m'annonce ladite. Tu rates tout, mec, ça chie vilain ! Le Rouquemoute vient d'déclencher son offensive d'hiver. Vingt piges d'enchaînage qui lui rebellent l'tempérament. Il y a placé une mornifle, à sa bourrique, qui y a fait traverser tout' la pièce. Elle a voulu r'biffer, mais y tabasse des deux. Tu l'verrais : Marcel Cerdan, d'la grande époque ! Crochet au foie ! Dirèque du gauche ! L'v'là qui r'mise en contre ! Les chiares hurlent comme un' corde d'loups ! Y disent qu'y veuillent pas qu' papa tue maman. Y s'rendent pas compte qu' ça s'rait une bonne chose, somme toute. Le blondin les confiererait aux grands-parents et se remarierait av'c quéqu'un d'potable. Oh ! il acharne. Il balance des manchettes main-t'nant ! Et des coups d'pompes. Y m'fait peur ; l'est blanc comme un' merde d'laitier. Ses taches d'son, tu croirerais la Voie lacteuse : des étoiles. Un coup de genouxe dans l'bide ! L'est déchaîné à fond ! Elle a cessé d'gimber et d'regimber. J't'demande un' seconde, faut que j'interviende sinon y la bousille pou' d'bon.

« Holà, Mathias ! Arrête ton forcinge, mon pote ! La v'là grog ! Finis-la pas d'vant tes mouflets, tu risques d'les thaumaturger pou' l'restant d' leurs vies. Note que j'ai une couronne mortuaire à solder ! Arrêt' j'te prille, Mathias ! Oblige-moi pas à te carrer un pain dans les badigues pou' t'freiner les ardeurs. Bon, t'y as fêté ses noces d'argent, bravo, banco, t'en avais b'soin, mais faut pas d'usage prolongé sans la visse médicale, grand ! Doré d'l'avant, elle va s'tenir à ta botte, te becter dans la pogne, te tailler des pipes. T'as pigé l'mode d'emploi, mon vieux brasero : la tarte dans l'museau à la moind' réflexexion. C'est toi l'homme, mon lapin. C'est toi qui affures l'osier du ménage et qui manœuv' la bitoune nerveuse ; toi qui licebroques su' l'évier. Quand t'est-ce qu'elle aura bien pigé ça, t'en feras d'la pâte à mod'ler, c'te crevure. Ça y est, moui ! J'vais sévir, Mathias si t'arrêtes pas ! Mets-y l' dernier et faites la paix ! Hou là, là ! c'parpaing colosse, madame ! T'y aurais pas éclaté l'pif ? Ell' raisine comm' une fontaine salace ! Bon, allez, calmos ! T'es soulagé, hein, mon biquet ! Enfile-toi un gorgeon d'vouisky et nettoye-lu ses plaies, pour lors.

« Allez, allez, chialez plus, les mômes ! Papa-maman, c'tait pour de rire ! Y plaisantaient ! Si on aurait pas l'droit de rigoler, un jour d'jour d'l'an, c's'rait malheureux. Les grandes personnes aussi ils aiment jouer. Faites-vous pas d'souci pour vot' daronne, mes chouchous : c'est quéqu' égratignures pour dire, deux trois esquimaudes comme quand on chahute. Mais non, ell' n'est point morte, vot' p'tite mère. Just' qu'elle fait semblant, pour taquiner papa. Qui c'est-il qui va me chercher un seau d'eau, aux chiottes ? Vous trouv'rez l'seau dans le placard à balai. On va lu filer la baille en pleine poire et ell' criera pouce ! T'nez, rien qu' d'en causer, la v'là qu'ouv' un lampion !

« Ça va, chère maâme ? Sacrée rouste, hein ? Ah ! faut s'gaffer d'l'eau qui dort, ma chérie. V'voilliez, les mômes, elle r'fait surface, vot' maternelle. V'savez, moi aussi, moi et tata Berthe, on joue temps z'en temps à c'que j'lu mette une avoinée. Ça fait circuler l'sang ; à preuve, çui à vot' chère mère qu'arrête pas d'lu gicler des naseaux. Bon, moulez-moi, j'ai du turbin su' la planche.

« Allô ! T'es encore laguche, mec. J'ai réglé l'problo aux Mathias. L'Rouquinos a paumé le contrôle d'son self. Faut dire, un' guenon d'c't'acabit, merci bien. J'voudrais même pas qu'é'm'pompe à travers l'trou d'un rideau. Pour lu fignoler tous ces chiares, y doit s'servir d'un entonnoir, l'althelète. Bon, on causait d'quoi t'est-ce avant la garade d'ces messieurs-dames ? »

— D'encore rien, Gros. Tu es allé chez le citoyen Méoutuva Didon ?

— J'en r'viens. Tu parles d'un gourbi. Y avait trois noirpiotes dans une chambre grande comme mes vouatères : son cheptel. Ces dames étaient camées jusqu'à l'oignon. Ça puait le mari de Juaṇa dans l'estanco. La moins choutée, celle qui pouvait causer t'encore, m'a espliqué qu' leur julot s'trouvait chez des aminches à la cambrousse, à Vréneuse.

— Où ça ? hululé-je, façon fin d'alerte au gaz.

— Vréneuse.

— L'adresse ?

— Une maison qui s'appelle *Les Lilas bleus.*

— Justement, je suis à Vréneuse.

— Tu veux que j'viende ?

Je gamberge longuement, mais en une seconde huit dixièmes. Le temps, tout dépend de la manière dont on l'utilise. Les plus belles heures de ma vie, je les ai toujours vécues en deux minutes. Si tu veux en savoir plus long sur la question, potasse mon camarade Einstein qui lui s'est fait chier la bite pendant des années pour démontrer la justesse de ce que j'avance.

— C'est cela, arrive : *Auberge du Pont Fleuri*, c'est au bord de la rivière et à l'entrée de l'agglomération.

— Jockey, mon pote, j'arrive.

— Passe-moi Mathias.

— L'v'là, y finit d'éponger sa gerce.

L'organe haletant du Rouillé est déjà saisi par la navrance. D'ici pas loin, il va se traîner devant sa gonzesse en se lacérant la poitrine, implorer un pardon dont il devra régler les dividendes jusqu'à la fin de ses jours.

— Ecoute, fiston, moule-nous un peu avec tes problèmes familiaux. Si j'ai un conseil à te donner, c'est de garder la balle dans ton camp. Cela dit, il est temps que ta tribu rejoigne sa base. Téléphone à la Maison Bourreman qu'on t'envoie un fourgon et rapatrie tes éclopés. Ma mère va arriver avec des photos. Tu vas les examiner, les agrandir et me trouver ce qu'elles représentent et où elles furent prises. Ça joue ?

— Comptez sur moi, monsieur le...

Je raccroche.

Des choses s'organisent. Ça remue un peu. Mais qu'est-il advenu de ma consœur Hélène Dussardin ? Je commence à me sentir en manque d'elle. Non, sérieux. Le béguin, tu crois ?

CHAPITRE 7

Je guignais le Gros depuis un banc situé sous des platanes. L'air s'est radouci et un soleil timide vient promettre des trucs positifs pour l'année nouvelle.

La charrette à Béru se pointe dans un gros vacarme de bielles déglinguées, de pistons ravagés, de carrosserie en haillons. Les cartons suppléant à l'absence de vitres (seul le pare-brise n'a pas été remplacé) claquent comme des drapeaux.

Sa Majesté stoppe tant bien que mal. La carriole a des soubresauts convulsifs, comme un zèbre capturé cherchant à se dégager des liens qui l'entravent.

Le Gros lui balance un coup de saton dans le capot pour la faire tenir tranquille et sa batteuse, modèle MacCormick 1924, cesse de renâcler.

— Faut qu'j'l'envoye à la révision, dit-il. Ell' m'fait un peu d'automobile-allumage ; ça doit proviendre des visses platinées qu'est entartrées. T'as repéré la casa du mâchuré ?

— C'est une grande bâtisse derrière l'église, au fond d'une impasse. Tu dis qu'il habite un gourbi, rue Montholon ?

— Le vrai piège à rats !

— Comment se fait-il en ce cas qu'il possède une bagnole américaine, pas neuve, certes, mais qui doit tuter des hectolitres de benzina ! Il fait quoi, dans la vie, ce pèlerin ?

— J'ai interviouvé sa pipelette, révèle le Mastodonte, paraîtrait qu'il serait grutier au chômage.

Mon sang ne fait qu'un tour : mais réussi. Grutier ! Et les photos que Félicie porte à Mathias représentent une grue dans une rue peinarde.

Le teuf-teuf mérovingien de Sa Majesté déferle dans une Vréneuse accablée par la gueule de bois. Dans les maisons, on se cogne du Vichy Saint-Yorre pour se colmater les brèches hépatiques de la nuit. Sur mes indications, il emprunte l'impasse au sol inégal garni de pavés ronds dits « têtes de chats » et va jusqu'au portail plein, pas mal rouillé, qui la termine.

— Laisse ta ruine au milieu de la chaussée, Gros.

Il ronchonne sur l'épithète malsonnante car il tient sa bagnole en grande estime. Je suis déjà à pied d'œuvre, bricolant la serrure du portail à l'aide de mon fameux gadget que toutes les cours d'Europe m'envient et que je proposerai un jour au con court les pines.

Le vantail s'ouvre sur ma poussée avec un gémissement triste comme le bêlement d'un agnelet sans mère. Je glisse une œillée dans la propriété. J'avise une grande cour à l'abandon, envahie par les ronciers et les herbes en délire. Une traction noire immatriculée à Paris, dont la plaque généalogique (comme dit le Mammouth) commence par 1 et se termine par 8 est stationnée là. Au bout de la cour, il y a la maison. Elle fut belle, mais maintenant elle ressemble à la reine d'Angleterre. Volets clos, elle dérive vers la convoitise des promoteurs immobiliers qui, bientôt, la transformeront en supermarket, comme on dit en français.

On entre, on referme. Le Dodu m'interroge du regard. Je lui fais signe d'avancer. A la file indienne, je gagne la porte-fenêtre centrale. Les volets sont tirés, mais non crochetés. J'en ouvre un. La porte est également à disposition.

Nous voici dans la place. Y a de quoi claquer des chailles. Le froid de cet hiver plutôt calme s'est concentré dans la masure, renforcé par une humidité perfide et des courants d'air à n'en plus finir.

J'ai une dilection pour les maisons abandonnées, au point que j'en fous dans presque tous mes *books*. Cela doit issir de ma prime enfance, je suppose. Je passais mes vacances dans un hameau dont la première maison était en ruine. J'allais jouer dans cette masure qui sentait la très vieille paille et l'étron desséché, car nombre de gens y posaient culotte à l'occasion. Et alors bon, depuis, j'ai dans la tête plein de baraques désertées, angoissantes de solitude et si pitoyables à force de décharnance.

Apparemment, cette taule paraît vide, et pourtant j'y subodore une présence. Effectivement, je découvre, au premier, dans une chambre moins ravagée que les autres, un gazier en train de roupiller dans un sac de couchage. Une caisse lui tient lieu de table de chevet, laquelle supporte une grosse lampe à forte batterie, feu rouge clignotant à volonté, lumière sur deux positions, etc. Il y a également une Thermos et un poste de radio à transistor. Le dormeur (qui ne s'appelle pas Duval) est noir comme un marchand de charbon sénégalais qui serait en grand deuil, ce dont je conclus qu'il se nomme Méoutuva Didon.

Il pionce avec tant d'énergie que notre intrusion n'a pas troublé le moins du monde son sommeil. Ses deux bras hors du sac se rejoignent derrière sa tronche. Je fais signe à Mister Cachalot de lui passer les cadennes, ce dont il s'acquitte. Crois-moi ou trotte te faire triturer le chinois par la reine Babiola, mais ce double clic ne perturbe pas davantage la dorme du Noir.

Je m'approche de lui et ramasse l'un des mégots jonchant le sol autour de son pageot de fortune. Pas besoin de les renifler longtemps pour piger qu'ils ne sont pas farcis aux herbes de Provence ; et d'ailleurs, fumés aussi courts, tu parles ! Le gars s'est dosé sérieusement pour tromper la tante.

Je le fouille. Bilan : des fafs à son nom, du pognon (six mille pions environ), un rasoir à manche, un poinçon de cordonnier dont la pointe est fichée dans un bouchon (pas déchirer sa poche), une boîte en fer de chez mon amie Valda (dont le prénom est Pastille, au cas que t'ignorerais) contenant une demi-douzaine de joints (et pas des joints de culasse, espère !), un grigri confectionné avec de l'ivoire et des poils de cul (ne représentant rien, mais très ressemblant quand même) et pour conclure, une petite culotte porno blanche, à dentelle rose, fendue de l'entrejambe, trop délicate et proprette pour lui servir à essuyer sa jauge à huile. Cela dit, le personnage me paraît massif, jeune, il a une grande frime de chourineur et porte un sweet-shirt jaune qu'a écrit dessus « Ta gueule, je parle ! », car ça se fait beaucoup de nos jours d'arborer des slogans, déclarations, invectives ou professions de foi sur sa poitrine, là où les croisés de Charles IX portaient des croix.

— Méoutuva ! appelé-je. On est arrivé, mon biquet ! Va falloir soulever ces belles paupières en veau crispé.

L'homme geint au creux de son inconscience dans laquelle je viens de percer un trou et qui, de ce fait, commence à se dégonfler.

Bérurier précipite les choses en lui shootant les côtelettes. Le Noir barrit ; oui, je crois qu'il barrit, à moins qu'il n'ait feulé un grand coup, faudrait qu'il réédite pour se rendre mieux compte.

Il veut bondir, tel précisément un tigre (décidément, je pense qu'il a feulé), mais ses poignets entravés l'en empêchent (à la ligne).

Cette fois, il nous visionne, pas content. Il a d'immenses yeux jaunes dont le blanc est jaune aussi, avec un chouïa de sang comme dans certains œufs.

— Calmos, mon pote, lui dis-je en m'accroupissant sur mes talons.

— Qui êtes-vous ? me demande-t-il, en escamotant les « r », comme tous les Noirs dans le doublage de *Autant en emporte le vent.*

— Des types qui sont contre, sibylliné-je.

Il paraît anéanti.

— Mais quoi donc ?

— Rien, on attend.

— Vous attendez ?

— Que tu parles. C'est écrit sur ton maillot : « Ta gueule, je parle ! » Alors, bon, je ferme ma gueule et tu parles. Vas-y, baby, je t'écoute.

Ce qui l'impressionne peut-être le plus vivement, c'est de découvrir le contenu de ses vagues aligné sur le plancher, un peu comme à un étal de foire aux Puces. Ayant suivi son regard, je ramasse le rasoir et, après un bref coup de sifflet, le jette à Béru. Simiesque, il s'en saisit.

— Tu le commences par quoi, Gros ? je demande flegmatiquement.

Sa Majesté étudie le Noir de son bel œil porcin.

— Les portugaises, pour rester classique, non ? Juste se met' en train... Ensute, j'y coup'rai les vestibules et j'lu les lui cloquerai dans la gueule. Moi, j'vois l'programme d'cett' manière. Turell'ment, je finirai par l'gésier, la méchante jugulaire : couic !

— Mais putain, j'vous ai rien fait ! s'écrie notre bon Didon.

— Pas encore, conviens-je, seul'ment si tu te grouilles pas de répondre à nos questions, alors là tu nous auras fait, et quand on nous a fait, on peut plus revenir dessus : la marche arrière n'existe pas.

— Bon, ben demandez, demandez ! Je suis blanc comme neige, moi !

Tous autres auteurs que moi, racistes de bas étage, s'empresseraient de glousser en entendant cela ; mais l'Antonio, oh ! pardon, c'est une autre catégorie, si tu veux bien ! Il donne dans la facilité uniquement quand elle est difficile.

— Tu connais l'équipe de Ritals ?

— Un ! il me dit.

— Décris-le-me !

Il me raconte le grand vilain qui convoyait le toubib et que j'ai flingué dans sa tire.

— Pas d'autres ?

— Pas encore, j'attends qu'ils viennent me prendre.

— Pour faire quoi ?

— Manier une grue ; juste manier une grue !

— Où ça ?

— J'ignore, patron. Parole d'honneur de ma mère : j'ignore ; ils doivent m'emmener là où elle est, la grue. Et puis je la manœuvre, juste que je la manœuvre.

— Pour quoi faire ?

— Je sais pas, patron, parole d'honneur de ma mère, j'en sais fichtrement rien du tout !

— Ta bagnole ricaine, où est-elle ?

— Le grand Rital est venu me l'emprunter, il a laissé l'autre, là dehors, la noire. Il avait besoin de la mienne, juste ce matin qu'il a dit, parole d'honneur de ma mère, patron !

— Il t'a pas donné d'explication ?

— Pas d'explication du tout, patron, juste il a dit que la sienne était pas assez grande et qu'il lui fallait la mienne, juste ça, patron.

— Qui t'a engagé ?

— La vieille Rolande, patron. Si tu connais pas, c'est la femme qui tient l'auberge, ici. Elle est très vieille mais très pleine d'allant, patron. Pour sûr. Tu dirais comme ma mère, à M'branl-moua. Ma mère, elle travaille plus fort qu'un homme, patron. Je lui ai payé la télévision, avec un groupe électrogène parce qu'il y a pas encore les trécités dans mon village.

— C'est bien, tu es un bon fils, Méoutuva. Comment connais-tu la vieille Rolande ?

— C'est chez elle que je viens pointer les dames. Des dames que je trouve à *la Coupole,* pas jeunes, pas belles... Elles aiment le gros zob noir à Didon. (Il se paie un rire qui ne vient pas du cœur et ne s'attarde même pas sur ses lèvres.) Je leur dis : « Promenade, ma jolie ? » Bon, promenade. Je les amène chez la mère Rolande. On prend une piaule ! Et crac zi boum ! Elles chopent le gros zob noir à Didon. A Paris, elles ont peur de rencontrer quelqu'un avec Didon. Ici, c'est tout bon. J'arrête la voiture dans la cour à la Rolande. Crac zi boum ! Le gros zob noir à Didon !

— Ça rapporte gros ?

— Ça dépend ce qu'elles ont dans leur sac...

— Tu chouraves le blaud ?

Il risque une boutade :

— Faut payer l'essence à Didon.

— Et lui payer les sens ! surenchéris-je, mais il pige pas car il ne sait pas écrire et phonétiquement, tu peux pas écouter la différence comme sur France-Inter.

— Allez, on retourne à la case départ. La vieille t'a proposé un boulot, raconte...

— La dernière fois que je suis venu, elle a pris Didon dans un coin pendant que l'autre vieille se rhabillait le cul. Elle m'a dit : « T'es bien grutier de ton état, Didon ? » Moi, oui, je suis. Entreprises publiques. Chômage, à cause de la crise, mais tu peux y compter que je fais le grutier de première, patron.

— La dernière grue que tu as rencontrée, elle faisait le tapin sur le Sébasto, non ?

Il se marre.

— Ça, c'est bien vrai, patron. Mais grutier, je te prouve quand tu veux. Même sur les super-engins à cabine tout là-haut. Et la Rolande, elle m'annonce : « Si tu es d'accord de travailler pour des copains italiens... Juste une nuit... Une heure au plus. Tu palperas cinquante mille balles. » Mon vieux, bon, hein, dis : cinquante mille balles, patron, qu'est-ce que tu fais si t'es grutier ?

— Ah ! ça...

— Tu vois ! Alors je dis, ça joue. La vieille me dit, alors t'arrives le 1er janvier et tu t'installes dans la vieille bicoque derrière l'église. Elle l'avait rachetée à une baronne pour faire un hôtel de lusc, paraît-elle. Et puis elle a pas eu le permis, à cause du curé que son église est citoyenne avec le jardin d'ici.

— Donc, tu prends ton bivouac dans la crèche et tu attends ?

— Exactement, patron, je te promets. J'attends... Ils vont pas tarder. D'abord, faut qu'ils vont me ramener ma voiture. Une Ford Custom de toute beauté, la classe !

— Que t'as achetée avec ton allocation de chômage ou avec ta bite ?

Ça l'amuse beaucoup.

— T'es vachement marrant, patron !

Béru, qui n'a jusqu'alors rien dit, soupire :

— C'est pas la jactance de ce blondinet qui fait progresser.

Il a raison. J'enrage. Trop attendu. Dans notre

job, c'est comme à la pêche : si tu retardes trop longtemps de ferrer, la poissecaille bouffe l'appât et te salue bien.

J'avais tout sous la pogne dans cette auberge du diable : les trois Ritals, la vieille Rolande. Mais j'ai voulu finasser et il me reste trois cadavres, plus un Noir qui n'en sait pas plus long que le bout de son gros nœud. Et puis la belle Hélène, si saine, si drue, avec une peau si ferme et odorante a disparu. Et ce chourineur l'a peut-être déjà mise à mal, lui qui ne recule devant rien.

— T'es dans les vapes, mec ? s'inquiète le Mastar.

— Un brin. Je manque de sommeil, probable.

— On devrait aller boire un coup de ce Pouilly Fusé qu'tu m'causais.

J'acquiesce et on se barre.

— Hé ! patron ! s'inquiète Méoutuva Didon, tu me laisses ?

— On passera te chercher plus tard. Dors !

— Et si les Italiens viennent pour la grue ?

— Tu leur dis de m'attendre.

— Tu m'enlèves pas ça ?

Il agite ses poignets enchaînés.

— Une autre fois.

Je m'arrête à la voiture noire avant de quitter la place. Un petit examen express. Positif. Sous la banquette arrière se trouvent deux fusils mitrailleurs. Dans le coffre, je déniche une sorte de grand filet aux mailles métalliques qui se ferme par un système d'anneaux dans lesquels passe un filin.

— Ils sont pêcheurs, tes gars ? bougonne l'Epidermique.

— Dans un sens, oui, probablement.

Mes recherches me conduisent à ouvrir une boîte à outils de ménage, avec un système de casiers qui se proposent lorsque tu écartes les deux anses de la boîte. Au lieu d'outils, j'y déniche tout un fourbi propre à neutraliser du monde : bombes de gaz soporifique, seringues, ampoules diverses conservées dans des emballages capitonnés, tampons, etc.

D'un geste vif, je rabats le couvercle de la malle. Des perspectives se constituent dans ma belle tête d'intellectuel surmené. Je décèle des bribes de vérité... Ce qui me turlubite, c'est une question majeure, comme le lac du même nom. Elle concerne l'assassinat d'Al Kollyc. Les Ritals sont-ils partie prenante dans ce meurtre ou bien ont-ils été surpris par l'événement ? Tout, en moi, me pousse vers la deuxième hypothèse. Ils sont arrivés d'Italie au volant d'une voiture dérobée, mais dont on ne pouvait pas découvrir le vol avant trois jours. C'est le Ricain qui les a fait venir. Lui qui les a conviés à la table des Césari-Césarini. Donc, Kollyc et les mecs en complet rayé avaient partie liée. Ils avaient besoin d'un grutier et c'est l'ancienne bordelière, la mère Rolande, qui le leur a recruté. Elle qui les hébergeait, tous. Elle, toujours, qui a trouvé un toubib lorsqu'il y a eu de la casse.

— On peut savoir ? demande le Bestial que mon mutisme déconforte.

— Pourquoi Césari-Césarini prétend-il que l'arme du meurtre lui appartient alors que ses larbins affirment que non ? murmuré-je.

Sa Majesté a une réponse anglo-normande :

— Faut voir...

De retour à l'auberge, je sonne les gars qui s'occupent de moi à la Grande Taule.

— On a des nouvelles de Lurette ?

— Etat stationnaire, commissaire, le chirurgien ne peut pas se prononcer.

— Il est interviewable ?

— Pas avant plusieurs jours, vu son état.

Mon âme s'élève d'un bon mètre cinquante vers Dieu. Qu'afin, Seigneur, ce petit Lurette se tire du merdier ! Je compte sur Toi !

— Des nouvelles de l'Alfa Roméo du Rital ? poursuis-je.

— Pas encore.

— Tout est bouclarès, j'espère ? Aéroports, gares, frontières ?

— Le grand jeu, commissaire. Des brigades volantes banalisées arpentent le macadam parisien et les gendarmes verrouillent les carrefours de la Grande Ceinture.

Le Gravos, qui déguste une boutanche du fameux Pouilly fameux, me lance :

— V'là du peupl', l'Artiste !

Je tire sur le fil du bigne pour pouvoir mater par la porte-fenêtre. J'aperçois une grosse Mercedes blanche sur le terre-plein. Elle se range près de nos propres tires et deux gaziers en descendent. L'un de ceux-ci n'est autre que Couchetapiane, le secrétaire particulièrement particulier de Césari-Césarini.

Je me grouille de raccrocher et fais signe à Bérurier de me suivre. On court se planquer dans un cellier jouxtant la cuisine. L'arrivée des deux personnages jetterait-elle, comme on dit vulgairement, un éclairage nouveau sur cette ténébreuse affaire ?

Nous l'allons savoir tout à l'heure.

CHAPITRE 8

Le timbre posé sur le comptoir des arrivées retentit moultes fois. Ensuite de quoi, la voix du gars Couchetapiane se met à glapir :

— Hello ! Y a du monde ?

Onc ne lui répondant, malgré qu'il réitère la question jusque dans la cage de l'escalier, il s'avance vers la cuistance. Le cadavre de Mamie Rolande lui saute aux yeux comme une photo porno dans un missel.

— Putain d'elle ! il s'écrie.

Oraison funèbre s'appliquant à la vie édifiante de la morte ou simple exclamation de surprise ? Je ne le saurai jamais.

Son compagnon, que je n'ai pas bien eu le temps de voir, mais qui m'a paru courtaud et large de poitrine comme un ténor d'opéra, pousse à son tour une exclamation, mais en italien, ce qui est plus mélodieux.

— Qu'est-ce que tu crois ? demande-t-il.

— Ils se sont tirés et ils ont refroidi la vieille pour l'empêcher de jacter.

Beau résumé d'une situation dramatique, ma foi.

— Nous attardons pas, conseille Couchetapiane. Si les perdreaux s'amenaient, ils seraient chiches de nous foutre ça sur les endosses.

— Mais non, penses-tu ! dis-je en apparaissant. Un mec de ta moralité est au-dessus de tout soupçon !

Le secrétaire aux Affaires étranges blêmit. Mon inopinée survenance le laisse sans voix.

Son camarade, le ténor de la Scala de Milan, fronce ses sourcils de ténébreux des années folles.

— Pas joli joli, hé ? leur dis-je. Et encore, vous n'avez pas tout vu. Allez donc jeter un regard au premier, chambre n° 4, ensuite on prendra un pot, manière de se réconforter.

Je les pousse en direction du hall. Hébétés, ils grimpent, vont regarder, reviennent. Béru a déjà dégoupillé la tête chercheuse d'une autre boutanche. Il verse à boire avec cette générosité sans équivoque des gens auxquels elle ne coûte rien.

— Tu étais un habitué de la boîte ? demandé-je à Coucheta.

Il fait « non » avec sa belle tête d'aristo des faubourgs génois (1).

— T'es venu au pif, attiré par les cadavres, comme une mouche à merde, gars ?

Il ne répond pas. Je trinque à la ronde.

— Tu me racontes à moi, ou tu préfères te confesser à l'officier de police Bérurier, ici présent ?

Il porte encore des bleus et des sparadraps consécutifs à son premier « entretien » avec le

(1) *Les Génois furent des marchands de Corse émérites. Ils sont d'un tempérament plutôt morose. D'ailleurs ne dit-on pas : « Où y a de la Gênes, y a pas de plaisir ? »*

Gros, aussi réagit-il vitos. Soumis, il déballe sa marchandise :

— Le boss a déniché l'adresse des Ritals convoqués par Al Kollyc dans le bureau du Ricain : *Auberge du Pont Fleuri* à Vréneuse. Il s'est rencardé sur l'endroit et il a appris qu'une vieille morue tenait la crèche depuis qu'elle avait dételé. Alors, il m'a demandé de venir aux nouvelles.

— Pourquoi s'intéresse-t-il aux deux Transalpins ?

— Bédame, ils se sont barrés comme des hotus du *Grand Vertige* au moment de la castagne, vous le savez bien. Alors, il aurait aimé leur causer. Il a juré de venger son pote, je vous l'annonce.

— Oui, il me l'a déjà dit...

Moi, il me donne une idée, Couchetapiane. Je lui demande le fil de Césari-Césarini et compose le numéro du big taulier. C'est sa pomme en personne qui décroche.

— Vous avez pu vous reposer un peu, César ?

Il a l'oreille car il me remet aussitôt.

— Oh ! commissaire, du nouveau ?

— Des morts, mon pauvre vieux. Cette année démarre dans le funeste pour un tas de gens. Je suis en train de déguster un fabuleux Pouilly Fuissé avec vos deux scouts, à *l'Auberge du Pont Fleuri*.

— ????????????? rétorque Césari-Césarini, en silence.

— Il y avait en réalité trois Ritals dans l'équipe venue d'Italie. Il n'en reste plus qu'un et il s'est barré au volant de son Alfa rouge dont je vous communique le numéro. Tous les roycos de France s'énucléent en ce moment à rechercher cette guinde, mon petit doigt me dit qu'elle n'est pas allée très loin de Vréneuse, on pourrait peut-être mettre tous nos œufs dans le même panier, non ? Vous disposez de certains moyens qui me font défaut. A nous deux, je suis certain qu'on devrait gagner le gros lot.

Il hésite.

— Je vais voir.

— C'est cela : voyez ! Je vous signale que le vilain est un tueur à sang froid. Il refroidit tout ce qui bouge. Par ailleurs, il a embarqué une charmante femme flic avec laquelle je faisais équipe. Alors s'il devait y avoir de la casse, avertissez qu'on épargne la gosse, elle peut encore servir.

Il m'assure qu'il va faire l'impossible.

Et moi donc !

Au burlingue, je récupère un Mathias très abattu (pas aussi totalement abattu que la vieille Rolande, certes, mais sans vigueur ni plaisir d'être). Il paraît avoir changé de couleur. Je le trouve presque moins rouquin et bronzé.

Au bout d'un moment, je réalise qu'il nous fait une jaunisse.

— Tu te sens mal, Grand ?

— Je viens de traverser des heures particulièrement éprouvantes, monsieur le commissaire.

Ses jointures constellées d'écorchures portent témoignage du combat homérique qu'il a livré contre sa mégère.

— Les heures éprouvantes ont besoin que

d'autres heures passent sur elles et les rendent improbables.

— Ma femme ne me pardonnera jamais...

— Mais si. Dix-sept chiares, comment ne te pardonnerait-elle pas !

Mon valeureux collaborateur soupire :

— On devrait pouvoir refaire sa vie. Mais avec tant d'enfants...

Je lui tapote la nuque pour lui exprimer que « ne te bile pas trop, mon petit gars ». N'empêche que mon célibat me paraît être à cet instant une excellente chose.

— Tu as eu le temps de bosser pour moi ?

— Oui. Par quoi commençons-nous ?

— Par les photos que ma mère t'a apportées, si tu veux bien.

Il prend un fourre transparent, de couleur jaune, et en ressort les images.

— Je crois que vous trouverez tout seul où est située cette grue.

Pas besoin d'examiner longuement les photos, en effet. Je tique.

— Dis donc, on dirait...

— C'est ! Je suis allé jeter un coup d'œil en vitesse, puisque c'est à deux pas.

— Rue de l'Elysée ?

— En effet, monsieur le commissaire : rue de l'Elysée, on est en train de faire d'importants travaux, en face du palais présidentiel. Voyez-vous cette petite cabane de chantier, métallique, derrière la grue ?

— Eh bien ?

— La porte en a été forcée, puis refermée à l'aide d'une chaînette terminée par deux blocs aimantés. Vous comprenez le système ? L'un des blocs est plaqué sur le montant, l'autre sur la porte, mais d'une pichenette on peut ouvrir.

— Tu as ouvert ?

— Bien entendu.

— Alors ?

— Alors rien. La cabane ne contient que des vêtements de travail, un réchaud de camping, des casques de chantier et des bouteilles vides.

— Bon, je vais aller visionner ça sur place. Passons aux fafs saisis sur la table de l'Américain.

Le Rouquemoute commence à oublier ses cruels déboires matrimoniaux ; rien de tel que le boulot pour distraire un homme de ses tracas quotidiens.

— En fait, il s'agit d'un rapport codé, monsieur le commissaire. Heureusement que je possède une licence d'anglais et que j'ai passé deux ans dans un laboratoire de police technique américain...

— Si je comprends bien, tu as pu le déchiffrer ?

— Non sans mal : ils ont utilisé la méthode Brinkball qui est l'une des plus coriaces. Là-dedans, il est question d'un personnage appelé le « Rosier » dont il faudra s'assurer pendant la nuit du 1er au 2 janvier, cela pour deux raisons, dont la première est capitale : il sera « en place », exceptionnellement, cette nuit-là ; et deuxièmement parce qu'il y aura un fort brouillard que devra compléter « l'intervention F ». L'équipe Raphaël se chargera de l'opération. Elle sera couverte par l'équipe Johann II, laquelle se livrera à toutes les manœuvres de diversion, ainsi qu'à la prise en charge du « Rosier ».

« Dans la phase 2 de l'action, Raphaël se dispersera au mieux tandis que l'équipe Johann II conduira le « Rosier » au point « H » où l'attendra A. K. (qui devait être Al Kollyc, je suppose). Ensuite, A. K. procédera comme prévu. »

L'Albinoche repose ses notes.

Un grand silence suit.

Rompu par un effroyable pet de Bérurier qui déteste le mutisme prolongé.

Il respire à petites narinées gourmandes, espérant des effluves désastreux, mais souvent, dans ces cas-là, la puissance de la sonorité joue au détriment du parfum.

— L'« Rosier »... Tu sais-t-il de qui est-ce qui s'agit, Rouillé ?

— Non, avoue résolument l'interpellé.

— Moi si, fais-je.

Les deux me guettent la suite.

Magnanime, Sana la leur fournit :

— Le président !

Pour le coup, ils bondissent.

— Le président ! exclament-ils en duo, Béru avec une voix de basse noble, Mathias avec une voix de baryton navré.

— Le « Rosier » ! L'homme à la rose, autrement dit ! Cette grue rue de l'Elysée... Et songe, Béru, au filet métallique qui se trouve dans le coffiot de la DS noire. Commençons par une vérification.

J'appelle le secrétariat privé de l'Elysée. Me nomme, parlemente un tantisoit, obtiens le secrétaire et lui pose la question de confiance :

— Est-il prévu que le président dorme au palais, la nuit prochaine ?

— Parfaitement, pourquoi cette question, commissaire ?

— Il s'agit de sa sécurité, monsieur le secrétaire particulier. Pour quelle raison ne rentre-t-il pas à son domicile, comme il le fait ordinairement ?

— Cette nuit, il y a une grande réception à l'Elysée qui devrait durer jusqu'à zéro heure trente et le président reçoit, tôt, demain matin, une délégation des employés de la voirie.

— A toutes fins utiles, voulez-vous dire aux services de sécurité rapprochée du président de renforcer le dispositif de nuit ?

— Vous craignez quelque chose ?

— A vrai dire, ce que je redoutais n'aura probablement pas lieu, les gens choisis pour une opération nocturne étant morts ou en fuite ; mais il est préférable de se montrer vigilant.

— Expliquez-vous, commissaire.

— J'adresserai un rapport circonstancié dès que possible, pour l'instant je me trouve dans le vif du sujet et n'ai pas le temps de paperasser. Soyez sans inquiétude, je fais le nécessaire.

Je raccroche.

— Le « Rosier », c'est bel et bien le président. Un coup formide, drivé par le Ricain, a été mis sur pied pour le rapter. On a voulu profiter d'un faisceau de circonstances favorables à un enlèvement. Ces circonstances sont : premièrement, le président dort à l'Elysée ; deuxièmement, une grue est installée depuis plusieurs jours à quelques mètres du palais ; troisièmement, il y aura du brouillard ce soir.

Le Gros demande :

— Pourquoi t'est-ce qu'on aurait attendu qu'il pionce au château ?

— Parce que la sécurité du président est plus relâchée à l'Elysée, ce qui se comprend parfaitement. Le palais fourmille de gardes. Il y en a plein la cour, dans le parc, à l'extérieur. L'idée ne viendrait pas, selon la logique simple, d'aller le dénicher dans les appartements royaux. Parce que l'on s'imagine qu'un coup de main éventuel s'effectuerait par le sol, et non par les airs ! Al Kollyc possède un plan de la bâtisse. Il s'est dit que si des gars grimpent sur l'immeuble d'en face et qu'un grutier manœuvre le plus doucettement possible le bras du formidable engin de manière à ce qu'il se déplace, depuis l'aplomb de l'immeuble en question à celui des appartements présidentiels, des gars outillés et gonflés peuvent s'introduire dans la chambre du... « Rosier », neutraliser celui-ci, le placer dans le filet et le déposer sur le toit d'en face. Le brouillard, prévu pour cette nuit, masquera la manœuvre de la grue et, par ailleurs, une certaine équipe baptisée Johann II est chargée d'opérer une diversion. C'est un coup de main d'une folle témérité mais qui a toutes les chances de réussir.

Mes camarades opinent à bouilles rabattues.

— De feurste couality, admet Bérurier ; maintenant, ce qu'y faudrait qu'on va savoir, c'est si le coup va z'êt' tenté malgré qu'on aye foutu la merde. Deux des Ritaux sur trois est mort. Le grutier, on l'a retapissé, de même que le matériel prévu pour l' kidnappinge au président. Moi, à la place d'eux, j' déclarerais forfaiture ; biscotte les rixes qu'ils prendent, tu permets, c'est du sucide !

Et pis, et plus que tout, le bigue chef, le Ricain, a été flingué garenne. Tu veux qu'ils vont faire quoi, ces malins, privés d' leur général, et des troupes du génie ? Tu croyes qu' le débarquement d' 44 aurait eu lieu si l' général Eugène Ovaire avait été buté la veille et qu' les barlus fussent en panne d' mazout ?

Mathias acquiesce.

— Je pense qu'Alexandre-Benoît a raison, monsieur le commissaire ; l'affaire me semble tout à fait compromise.

Je branle le chef (je suis, le chef).

— Pas d' votre avis à cent pour cent, les mecs.

— Oh ! toi, faut toujours qu' tu peindes l' diable su' la muraille ! ronchonne Mister Big Bide.

— J'aimerais avoir votre sentiment, monsieur le commissaire, demande le futur lauréat du Prix Cognac (mieux vaut queutard que jamais).

Je débute comme tout homme politique interrogé par un journaliste.

— Ecoutez, fais-je.

Oui, bon, ils écoutent. C'est bien pour dire de prolonger le temps de réflexion, rassembler des arguments.

« Ecoutez ! »

Pontifiant. *Achtung,* je vais causer ; deux points ouvrez les guillemets ! N'en perdez pas une broque, messeigneurs. *Very important.* L'oracle va jacter. Oyez ! Oyez !

— Ecoutez, tout à mon avis repose sur une chose...

— Laquelle était-ce ? questionne l'Avide.

— Le dernier des trois Ritals s'est-il rendu

compte que son pote blessé a perdu les photos de la grue, ou pas ? Il est très possible et même probable que, dans le feu de l'action qui était dramatique à souhait, ce détail lui soit passé inaperçu. S'il a tué son pote blessé ainsi que Mamie Rolande, c'est pour les empêcher de parler, donc il a l'intention de mener l'opération envers et contre tout.

« Autre chose : s'il n'a pas tué Hélène Dussardin, préférant l'emmener en otage, c'est bien parce qu'il attendait quelque chose d'elle ; ce quelque chose, c'est un compte rendu de notre enquête. Il veut savoir où nous en sommes ; or que peut lui apprendre Hélène ? Pas grand-chose puisqu'elle ignore — et pour cause — ce que nous avons appris depuis au sujet du « Rosier ». Reste le grutier et le matériel. Ça m'étonnerait qu'il se risque à Vréneuse après son massacre de l'Auberge ; mais il a le temps, d'ici cette nuit, de trouver un autre grutier et de renouveler sa panoplie. Le Noir ne pouvait nous révéler qu'une chose : la mère Rolande l'avait engagé pour manœuvrer une grue. Et alors ? Ça compromet quoi ? En outre, n'oublions pas qu'il doit y avoir deux équipes sur le coup : l'équipe Raphaël et l'équipe Johann II ; nous ne savons rien de cette dernière ; elle est intacte, prête à l'action. Je gage que, par mesure de prudence, il n'y avait pas de contact préalable entre les deux. »

Mes « hommes » étudient cet exposé à tête d'exposé. Béru objecte :

— N'empêche que leur big boss est clamsé, et ça il le sait puisque ça s'est passé devant lui.

— D'accord ! Là est le gros morceau, l'énorme

point d'interrogation. Dans le plan ourdi contre le président, était-il prévu qu'en cas de défaillance d'Al Kollyc, il se déroulait tout de même ? Ou bien n'existait-il aucune solution de rechange ? Quoi qu'il en soit, on ne peut écarter l'hypothèse que tout continue inexorablement malgré ces graves accidents de parcours, car les trois éléments de réussite sont toujours intacts : le président dort au palais, il y a une grue géante rue de l'Elysée, le brouillard commence déjà à tomber ; regardez d'ailleurs...

Ils se tournent vers la baie vitrée.

Ça devient drôlement cotonneux, dehors.

CHAPITRE TOUT 9

L'agent en faction rue de l'Elysée doit me reconnaître, car il porte la paluche à son kibour quand il m'aperçoit. Je l'en remercie d'un sourire galvanisateur de chef.

L'énorme grue nous surplombe et déjà sa flèche se dilue dans la brumasse. Sur place, la beauté du coup de main m'apparaît. Simple comme bonjour. Il suffit d'attendre la nuit... Un gazier se faufile dans l'armature métallique de la grue, escalade les roides degrés jusqu'à la cabine de commande située tout en haut. Une fois en place, il suffira de faire dans le quartier un bruit susceptible de couvrir celui de l'engin. Bagnole en fausse panne, dont on fera ronfler le moulin à bloc, je présume. Quoi de plus bête ? Dans le brouillard, le grand bras se déplacera de quarante-cinq degrés. Des mecs en noir descendront jusqu'au balcon de l'appartement présidentiel. Les factionnaires disséminés à l'intérieur et à l'extérieur du palais n'y verront que du feu.

— Viens voir, me chuchote le Gravos du seuil de la cabine où il vient d'entrer.

Je le rejoins, et il me désigne quatre énormes bonbonnes de fer, genre bouteilles de Butagaz.

— Le Rouquin n'a pas causé de ces bonbonnes quand t'est-ce il a raconté ce qui y avait ici ?

— Non, c'est juste.

— Pourtant, le Blondinet, tu peux pas trouver plus escrupuleux qu'lui !

— Conclusion, on a entreposé ces bonbonnes entre sa visite ici et la nôtre !

— Tesquetuel, mec, ratifie mon éternel coéquipier.

— Donc, l'opération de cette nuit n'a pas été décommandée.

Le Mastar s'enchifrogne puisque je parais avoir eu raison contre lui. Mais, beau joueur de nature, il ne tarde pas à baisser pavillon, comme il baisse culotte.

— S'agit d'usiner conv'nab'ment, non ? On vadrouille dans l'délicat : s'agit du président d'la Raie publique. Note bien, y arriverait quéqu' chose, on a toujours Poher pou' l'remplacer. Just'ment, y doit s'languir d'l'Elysée, le pauv', ça commence à faire lulure qu'il fait nibe d'intérim'rie...

Je l'écoute à peine. Mon regard d'aigle sonde l'immeuble faisant face au palais. Mon instinct policier me glougnoute les testicules. Je me dis in petto, ce qui est une chose, et impétueusement, ce qui en est une autre, que les comploteurs ont fatalement une base au plus haut niveau de l'immeuble. Point de départ, point de réception...

— Suis-moi, Richard Cœur de Lion.

Je pénètre dans la maison. Elle est cossue. Les rideaux de la pipelette sont tirés mais, entre eux et la vitre, un écriteau fait main annonce : « La Concierge serat absente pendante les fêtes. »

Un ascenseur de bonne volonté nous propose sa force grimpante et nous hisse au dernier étage. On entend gazouiller des télés. C'est la fin d'après-midi d'un Jour de l'An. Les foies marquent une lassitude... Çà et là, d'ultimes rires.

Sur le palier, modeste comme ceux des derniers étages des immeubles anciens, deux portes aux paillassons monogrammés ; peintes en faux bois par-dessus le vrai, ce qui m'a toujours paru être une hérésie. Je tends l'oreille. Ne perçois que des murmures...

— Tu sonnes ? demande le Gros.

— Je préfère aller jeter un œil sur le toit.

Au fond du palier, un minuscule escadrin de six marches conduit à une porte de combles. Je l'escalade en deux bouchées. La porte n'est pas fermée à clé. Nous pénétrons dans ce *no man's land* bizarre sombre et toiles d'araigneux, où l'on découvre la charpente d'une maison. C'est un spectacle auquel je suis toujours sensible. J'aime ces espèces de caravelles renversées, cet entrecroisement de poutres et de solives (elles me font soliver) si harmonieux, qui fait du métier de charpentier l'un des plus beaux du monde.

Un air frais souffle dans les combles, dû au fait qu'on a déposé l'un des vasistas et agrandi son ouverture en sciant des lattes et en ôtant des tuiles. Le trou est béant et s'ouvre sur une nuit épaisse, floconneuse.

— J'ai le nez creux, non ? dis-je au Gravos.

Il renifle pour marquer son admiration inconditionnelle.

J'actionne une lampe stylo à faisceau gougnafeur qui prend à l'obscurité tout un matériel afin de le livrer à nos prunelles avides, ainsi que l'écrivait naguère, avec tant de vigueur, Robert Claudel dans *le Soutier de salin.*

Se trouvent groupés une nouvelle bouteille de gaz dans laquelle plonge un tuyau de caoutchouc qui remonte sur le toit, des cordes, un hamac, des outils divers, une couverture pliée, et un escabeau permettant d'accéder à la toiture sans avoir à opérer de rétablissement. Je l'escalade et jaillis dans le brouillard. Je distingue le bras de la grue au-dessus de moi. On a aménagé sur les tuiles une espèce de plate-forme en aluminium fixée à la charpente par des crampons.

Sur ladite se trouve enroulé, en une vachetée d'épaisseur, le reste du tuyau de caoutchouc relié à la bonbonne (ou bombonne si tu préfères, moi, je m'en branle).

Les gros travaux justifiant le montage de la grue ont lieu dans l'immeuble voisin qu'on est en train d'exhausser comme un vœu adressé à sainte Thérèse (tiens, en voilà une qui m'émeut !).

Ayant vu, je reviens dans le galetas.

— Le coup est superbe, dis-je.

Bérurier escalade à son tour. Là, ce sombre con perd l'équilibre, renverse l'escabeau, veut se cramponner au rebord du toit, lequel étant déjà découpé s'avère friable et donc lui fait faux bond. Une demi-douzaine de tuiles choient sur le plancher en même temps que mon rhinocéros. Boucan de tous les diantres !

Je fulmine, flumine, minufle ! Le traite de beaucoup de noms à voix basse, ce qui n'en atténue pas l'horreur, à preuve, mon qualificatif le plus suave est celui de « merde mal chiée », injure assez inusitée à ma connaissance, révélatrice de mes tendances scatologiques.

— J'ai ripé, plaide l'Obèse.

— Ta gueule !

On reste sans broncher, guettant d'éventuelles conséquences ; mais non, tout est calme.

Par mesure de précaution, nous demeurons céans un bon quart d'heure avant de décamper. Ma colère s'est refroidie. Le Gros en profite pour questionner, tout miel :

— Et maintenant, mec, tu comptes faire quoi-ce ?

— Envoyer des troupes d'élite dare-dare dans le secteur. On coiffera toute la bande dès le début de l'opération. Verrouillage de la rue, des tireurs d'élite sur les toits avoisinants ; et le président ira se pieuter chez lui ou à l'*Hôtel des Deux Boules.* Il n'y a plus de temps à perdre ; viens !

Nous battons en tu sais quoi ? Oui : retraite ! Le mot est pénible, mais après tout, je ne suis pas officier de clairière.

Je dévale l'escadrin de bois et repousse la porte des combles. Nous voici sur le dernier palier. Il est désert, peinard. Je soupire, soulagé.

Trop vite !

Les deux portes qui s'y trouvent s'ouvrent à la volée. J'ai le temps d'apercevoir des tas de mecs dans chacun des encadrements. Une pure grouillance. Certains nous braquent avec des pétoires. Je perçois des détonations très faibles. Tchoufl ! Tchoufl ! Ça me chiquenaude un peu partout. Ils ont des silencieux, les drôlets, et nous pralinent.

Je tente de porter la main à mon feu. Mais tout s'engourdit en moi. On vient de déposer une cathédrale sur mes épaules.

Merde ! Ils ne m'ont pas buté, tout de même !

Faut que je finisse ce *book,* mon éditeur est intransigeant sur les délais...

Je m'affaisse, mou comme une éjaculance. Pas plus nerveux qu'au moment où papa m'a fait cadeau à maman. Un peu moins puisqu'à l'époque j'ai eu l'intrépidité de gagner ma base avant les milliers d'autres connards en puissance qui en voulaient aussi.

Je ne perds pas conscience pour autant. Juste me voilà absolument inoffensif, réduit à l'état de serpillière mouillée, incapable de regarder l'heure à ma montre. Ma tronche est si lourde qu'elle pend sur ma poitrine.

Des types s'avancent, me saisissent par le col du lardeuss et me traînent sur le palier. Je ne ressens rien. Je pense du bout du cerveau, avec un brimborion de méninges gros comme une tête d'épingle. « Le cerveau est un récipient à souvenirs », d'après Bergson. Mon récipient à moi est vide, vide, VIDE !

Je n'entends rien, je vois en fond de vie, comme la tête d'un décapité voit la guillotine depuis son panier de son, durant quelques secondes encore, selon certains rapports médicaux tenus secrets.

Y en a un, un gros, un obèse, qui fume le cigare. Sa tronche ressemble à un cul en train de déféquer. C'est franchement insupportable.

Et puis il y a un paravent en tapisserie, genre

Aubusson (Pâques aux tisons), montants en bois rainuré, charnières cuivre style Louis Monzob.

Le gros fumeur est assis devant le paravent.

Ensuite, j'avise une pendule de marbre noir que ça représente un tigre, ou une panthère stylisée. Une glace à cadre doré renvoie des bribes de pièce, des passages de bouilles, une atmosphère...

Je suis toujours aussi languissant, aussi creux et déjeté, cachalot en crevaison sur la grève et qui ne peut plus remuer ses nageoires.

Je voudrais bien réfléchir, tenter d'agencer des pensées pour cohérer un peu ; mais ouichte ! Kaléidoscope. Ça remue, ça se compose et décompose, ça change de formes et de couleurs. Ça ne veut rien dire.

Et si je fermais carrément les châsses ? Et si je me laissais bercer par l'engloutissement ? Si j'allais au-devant du néant, comme Louis XV (crois-je) au-devant de Marie la Polak... ?

Prendre du champ, se soumettre aux impitoyables nécessités corporelles. T'as envie de tousser : tu tousses ; de pisser : tu pisses ; de ne plus être : tu t'abstrais. Bonsoir, mes humbles, mes cons, mes frères, mes confrères.

Un cri de trident.

De trident en piqué. Vraou... ou... ou !

Je reviens. On m'appelle ?

Je n'ai pas dû jouer relâche bien longtemps car l'obèse à tête de cul n'a pas fumé trois centimètres de *habana*. La cendre choit sur son maillot de laine bleue... Tiens, la chanson de Mac Orlan : *la Fille de Londres... Sur son maillot de laine bleue — on pouvait lire en lettres rondes — le nom d'une vieille compagnie — qui paraît-il fait le tour du monde...*

Le cul retire le cigare de son anus rouge pour expulser une longue bouffée.

Nouveau cri. Je me domine pour tenter de voir. J'aperçois une vieille dame en robe de chambre écossaise. Elle a les cheveux bleutés, le teint gris, l'air terrorisé.

Encore un effort, Sana, mon fieu !

Maintenant, je découvre une infirme dans un fauteuil roulant, genre débile profond : petit corps tassé, grosse tête, langue à demi sortie, regard globuleux, inexpressif. Très bien, et puis ? J'entends jacter, au-delà du paravent. On parle allemand, mais avec des inflexions moins gutturales que l'allemand d'Allemagne. Autrichien, non ? Ma toupie folle s'arrête de tourner et mes pensées se coordonnent. Je me dis brusquement : « Johann II ». C'était Strauss, Johann II. L'auteur des valses. Le Viennois. L'équipe Johann II, c'est une équipe autrichienne radinée en appoint pour compléter l'équipe italienne (Raphaël).

Donc, le coup de main s'opérera. Et à présent, nous sommes dans leur collimateur, impuissants.

Un nouveau cri de femme qu'on martyrise.

Quelqu'un ricane. Je perçois une effervescence, de l'autre côté du paravent. D'où elles se trouvent, la vieille dame et l'idiote assistent à la scène. L'idiote ouvre des lotos grands comme des ballons-sondes. La dame âgée, au contraire, ferme les siens.

Je voudrais voir aussi ; je tente de remuer, mais on m'a ligoté avec du fil de fer. Tiens, je découvre la chose à présent seulement. Entravé, garrotté, momifié. Les bras collés le long du corps.

L'obèse qui fume se lève et bâille. Il découvre la lucidité de mon regard.

— Oh ! fait-il. Fini déjà ?

Un temps. Les plaintes continuent. Il contourne le paravent et reste planté sur ses grosses guibolles écartées, une main dans sa poche, l'autre tenant son barreau de chaise.

Il se retourne vers moi et cligne de l'œil.

— *Schön*, me dit-il ; *sehr schön !*

Il brandit le pouce de sa main qui tient le havane. Des cendres embrasées tombent sur le tapis. La vieille dame ne peut pas s'empêcher de regarder les conséquences.

Le gros cul se renquille le cigare dans le trou de balle.

— Te vouloir regarder ? me baragouine-t-il.

Il déplace le paravent. J'ai, du coup, la perspective d'un grand salon vieillot. Ah ! l'effroyable vision ! Oh ! non, ce ne sont pas les meubles ni les tentures en satin écrémé qui me font réagir de la sorte !

Figure-toi qu'ils sont quatre types après ma chère et tendre Hélène.

Tu veux savoir ?

J'ose te raconter une pareille ignominie ?

Le narrateur, fût-il de classe, comme celui qui te cause, a le devoir de ne pas outrepasser les limites du tolérable. Il existe un seuil de décence à ne pas franchir, sinon l'on se ravale, et c'est déjà bien beau d'être avalé une première fois.

Alors je ne te dirai rien. Oui, je passerai sous silence le spectacle épouvantable qui agresse mes sens, mon cœur et mon esprit, d'un coup, en bloc, v'lan !

J'aurai la force de me taire.

Ça y est : je me tais !

Tu vois ? Je me tais !

Ecoute comme je me tais bien, merde !

Mais c'est dur, tu sais, de garder pour moi une pareille infernale vision ! Que dis-je, c'est dur ! C'est inhumain. Pauvre chère adorable Hélène qui voulait se garder pour son toubib à la con !

Les soudards rassemblés n'ont aucune pitié pour elle. Ah ! cruelle flétrissure ! Ils la forcent monstrueusement. Certes, la combinaison est sophistiquée et a réclamé de l'imagination de la part des infâmes (de ménage) protagonistes. Mais quelle honte ! Quelle honte ! Un tel assaut ! Quadruple ! Non, n'insiste pas : je n'irai pas plus avant. Eux, les monstres, s'en chargent. Et déchargent !

J'en claque des dents avec les yeux. Mon cœur bredouille de compassion. Une indignation niagaresque me submerge. Mais ce sont donc des sadiques, dis ? Tous, non contents de la prendre, sodomiser, feller simultanément, ajouter encore à ce triple viol en lui brûlant le dos avec un cigare embrasé ! Ses cris sont étouffés et pour cause, le mec qui la bâillonne est chopiné façon bourrique ! Celui qui la marque au feu est une saloperie visqueuse, genre castrat, rose et gourmand, avec pas de cils ni de sourcils. Mais ne compte pas sur moi pour te décrire la scène. Sache que, dans les figures libres, ils en pratiquent un bout, les fumiers ! Et même trois bouts ! Et des bouts commaks, des vrais que tu pourrais battre le beurre avec ! Ah ! sacripants ! Ainsi, non seulement ils veulent s'emparer du Premier des Français (à gauche en sortant), mais en outre (de vin) ils tuent le temps en se livrant à des exactions inqualifiables.

Bien entendu, les brûlures la font se trémousser, cette adorable Hélène. Et c'est tout bénéfice pour les bandits occupés à l'obstruer de toutes parts. Tu te rends compte que, non seulement c'est chaud, mais qu'en plus ça remue ! Idéal, non ?

Celui qui assure son obstruction antérieure, arrive le premier au but écœurant qu'il s'est fixé. Il le gueule un grand coup, en dialecte germain. Mais ensuite, il veut se retirer de la combinaison diabolique, vu qu'il est dessous le tas de gens pour assurer la réalisation de la chose. Alors il se secoue. La pauvre inspectrice bascule. Son occupant postérieur, chassé, fulmine et lui file un coup de poing sur la nuque. Ce faisant, il porte atteinte gravement au fellateur (ne pas confondre avec fellaga) et doublement à Hélène qui s'étouffe jusqu'en deçà des amygdales (l'amygdale et la fourmi). Le héron au long cou emmanché d'un long bec (pour lors, n'est-ce pas ?) s'est fait scalper le Mohican. Il dégage, en hurlant, une rapière ébréchée et sanguinolente.

Bref, l'histoire finit mal. D'autant que le pyromane, dans cette algarade, a pris son mini-brasero à pleine main, se brûlant à cloques, le détestable individu ! Ces messieurs, dont un seul est comblé, s'en prennent sinistrement à Hélène et la criblent de horions. Celui qui empruntait la porte étroite (efforcez-vous d'entrer par la porte étroite. Luc,

XIII) particulièrement vindicatif, tire un couteau de sa poche et lacère les seins de la pauvrette.

Je voudrais, à l'instar de Superman, faire éclater mes liens pour voler au secours de ma tendre consœur.

Ah ! que n'a-t-elle choisi d'être secrétaire de direction ou vendeuse aux Galeries Nous-Voilà, au lieu de faire policière ! Les filles idéalistes paient un jour ou l'autre un tribut à l'existence, tu remarqueras. Là, le prix est élevé.

Neutralisé, je ne puis que ronger tu sais quoi ? Mon frein à main !

Mon regard saturé d'horreurs dévie jusqu'à un canapé où le dernier des Ritals, que je reconnais parfaitement, est assis, un verre de vin à la main, contemplant tout cela d'un air neutre. La furia de ses acolytes autrichiens n'entame pas son self-control. Il est maussade, tendu, plutôt réprobateur. Rien n'est aussi captateur qu'un regard. Que des yeux s'attardent sur votre personne, et aussitôt les vôtres vont à leur rencontre. Il se tourne vers moi, puis se lève. Le gros ignominieux qui fumait le cigare s'étouffe de rire en voyant la manière dont la partouze a tourné court. Il se claque les cuisses et lance des quolibets à ses aminches.

L'Italien s'approche de ma pomme. Il enjambe Béru qui gît, face contre moquette, toujours envapé semble-t-il.

Le Rital s'accroupit sur ses talons et me dévisage avec insistance. Il a une tête qui, progressivement, inspire la terreur. Ses yeux sont extrêmement écartés, comme ceux de certains Asiatiques. Le regard sombre ressemble à celui d'un oiseau de proie. J'ai rarement vu dans des yeux une lueur aussi implacable. Sa bouche aux lèvres minces est très rouge. Il porte une cicatrice au cou, plutôt laide. Coup de surin ou souvenir d'anthrax mal opéré ? Son costume rayé commence à se fatiguer, sa limouille est cradingue au col, sa cravate fait la ficelle, ses tatanes sont crottées comme des tartisses de parkings autoroutiers.

— Tu peux parler ? me demande l'homme.

Son accent chantant me ravirait s'il était serveur dans un restaurant italien ; mais il me laisse insensible, compte tenu des circonstances.

— Je ne sais pas, réponds-je.

J'entends ma voix. Elle est faible, bizarre, mais distincte.

— Ben oui, tu peux, assure le tueur.

— C'est vrai : je peux, admets-je.

— Ta copine a parlé, j'ai une méthode sûre...

— Je n'en doute pas.

— Comment êtes-vous venus dans cette maison, ton gars et toi ?

Il tient toujours son verre de vin à la main. Malgré sa position inconfortable, le niveau du breuvage ne frémit pas.

— Je suis venu pour admirer votre esprit d'organisation.

— Tu sais tout ?

— Pour le président ? Oui, tout.

— Comment l'as-tu appris ?

— Dans votre équipe, des gars ont la langue trop longue.

Il n'a pas une réaction. Je suis contraint de fuir

une seconde son regard, tellement celui-ci m'incommode. Je prends mal au cœur à subir sa fixité.

— Qui ?

— Demandez à mes chefs, moi je ne suis qu'un exécutant bête et discipliné. Surtout bête : à preuve je suis ici plus ficelé qu'une momie.

— Tu mens, c'est toi le patron, la fille me l'a dit.

— Un excès d'admiration l'a incitée au lyrisme.

— Arrête !

— Pardon ?

— T'écarte pas du droit fil, flic, sinon je fais amener la gonzesse au-dessus de toi et je l'éventre sur ta gueule. Ce sera mon seul avertissement. Compris ?

La vache ! J'en ai le rectum comme un glaçon. Mais tu sais qu'il me fout les foies, ce vilain ! Si j'ergote, il va faire ce qu'il promet. Non, bon, jouons franc jeu.

— J'ai eu une converse avec le Noir, le grutier, et j'ai visité le coffre de la Citroën noire.

— Le nègre ne sait rien.

— Si : il sait qu'il doit manipuler une grue cette nuit.

— Il y a des chantiers plein Paris.

— D'accord, seulement nous, nous savons, depuis le début, par un message de la C.I.A. qu'Al Kollyc est venu en France pour organiser un turbin contre notre président.

J'ajoute :

— La note est parvenue directement aux services de sécurité de l'Elysée, et c'est à cause d'elle que je suis sur l'affaire.

Ce type est tellement branché, tellement aigu qu'il sent tout : non seulement quand on le chambre, mais également quand on lui dit la vérité.

Je poursuis :

— Un grutier clandestin... Des travaux rue de l'Elysée. C'était suffisant pour que je vienne m'informer.

— Tu as découvert quoi ?

— Les bonbonnes dans la cabane. Votre plate-forme sur le toit. Je dois convenir que le coup est super.

— Comment crois-tu qu'il va se réaliser ?

— Eh bien... Attendez. Les bonbonnes, je le suppose, doivent contenir un produit chargé d'épaissir le brouillard, de façon à ce que le travail de la grue soit absolument invisible du sol ?

— Ensuite ?

— Un gars ou deux décolleront du toit pour être gentiment déposés sur le balcon du président. Auparavant, on aura déroulé le tuyau se trouvant sur la plate-forme et qui est relié à une bouteille. Il traversera la rue avec les mecs chargés du coup de main. Parvenus devant la royale fenêtre, vous percerez un trou dans le bois du montant, à l'aide d'une chignole à main, afin d'enquiller l'extrémité du tuyau dans la chambre, on dévissera le bouchon de la bouteille et le gaz soporifique qu'elle contient ira anesthésier le Premier des Français. Les kidnappeurs attendront qu'il ait produit son effet, puis ils fractureront la fenêtre et entreront dans la piaule pour s'emparer du président endormi. Vous le flanquerez dans le hamac qui attend avec le restant du matériel, et la grue pivotera pour le déposer sur cet immeuble. Ensuite, si l'alerte n'a pas été donnée, vous l'évacuerez vers un endroit que j'ignore et où d'autres gars le prendront en charge. Notons qu'au cas où l'alarme serait donnée, avec un otage pareil, vous ne risqueriez pas grand-chose. Comme monnaie d'échange, on ne peut faire mieux !

Je me tais. Il médite un brin. Puis me toque sur le front, comme on frappe à une porte.

— Je ne vous dis pas d'entrer, c'est complet ! fais-je.

Il a un sourire pas catholique, bien qu'il soit italien.

— Il y en a là-dedans ! assure le Rital.

Bon, ma jugeote l'impressionne. S'agit maintenant d'assurer l'avenir immédiat du président.

— Malheureusement, le coup ne sera pas réalisable, dis-je.

— Crois-tu ?

— Sûr. J'ai prévenu l'Elysée qu'il se tramait du vilain et le président ne restera pas coucher dans son usine.

Mon nain terre loque ut heure, fidèle à son impassibilité, reste de marbre (ce qui est un cas rare, j'ajoute puis toujours quand on parle de marbre). Une fois de plus, il cherche à démêler le bluff de la réalité.

— Vous ne me croyez pas ? insisté-je.

Il demeure désert comme la cervelle d'un philosophe flamand.

— Je peux vous le prouver : téléphonez au

secrétaire privé du président, j'ai le numéro sur moi, et faites état de notre conversation.

Le tueur murmure :

— *Maligno !*

Et tout à coup :

— Donne, le numéro !

Il me serait difficile de lui donner quoi que ce soit dans l'appareil où je me trouve ! Alors c'est lui qui me fouille et engourdit mon petit carnet miracle. Il va jusqu'à Hélène, laquelle est prostrée sur un canapé. Il l'empoigne par les cheveux, l'obligeant à se mettre debout, la traînant, telle une esclave, il quitte la pièce avec elle.

Cela dit, je commence à penser que je vais encore poser un lapin à ma Félicie et à ma bouteille de Château d'Yquem. Tu parles d'un 1er janvier ! Tu en as déjà vécu de semblables, toi, Burnecreuse ? Si oui, écris-moi : on va fonder un club !

Quand le Rital revient, tirant toujours la pauvre petite môme par les crins, il me file un clin d'œil complice. Puis, ayant étendu Hélène d'une manchette impitoyable, il s'avance.

Il tapote son menton de mon carnet et, arrivé devant moi, le jette à terre.

— Merci du conseil, me dit-il. C'était une riche idée. La gosse a téléphoné de ta part pour dire que tout était O.K., on va pouvoir agir dans le velours.

— Vous avez trouvé un autre grutier ?

— Il arrive d'Italie en fin de journée, par l'avion de Milano.

Moi, tu l'auras remarqué depuis qu'on se

fréquente, j'ai beau macérer dans des fosses à merde *terrific,* ma curiosité professionnelle continue de remuer la queue. Quand une crapule accepte d'engager la conversation, je pilonne jusqu'à ce qu'elle déclare forfait.

— Un grutier, ça se remplace, mais un chef ?

— Hein ?

— Ben, Al Kollyc est naze, non ? Vous avez même dû recevoir des brins de cervelle sur votre cravate ?

Il hausse les épaules.

— Ne t'occupe pas de ça, poulet !

— Il y avait un vice-président, comme aux States ?

Il me file un coup d'escarpin dans la gogne. Salaud ! Ma mâchoire en est toute dolente.

— Votre conversation est limitée, lui dis-je.

— C'est ma façon de répondre quand je n'ai rien à dire, rétorque le vilain.

— Bon, pour changer de chapitre, j'ai vu, à l'auberge, que vous faisiez le ménage à fond avant de calter : votre pote, la mère Rolande, ça décrasse ! Pourquoi sommes-nous toujours en vie, mes collègues et moi ?

Il pouffe.

— Parce que vous pouvez servir. On risque d'avoir besoin de vous d'ici la fin de l'opération. Jusqu'ici nous ne disposions que de la locataire de cet appartement avec sa crétine. Ça me fait penser qu'elles nous sont désormais inutiles.

Il tire un feu de sa ceinture, y visse un silencieux.

— Merde, faites pas le con ! hurlé-je. Y a eu

assez de gâchis comme ça ! A quoi ça vous sert de buter des innocentes ?

Au lieu de me répondre, il va au fauteuil de la demeurée et la praline en plein front. L'impact est si violent que la gosse bascule de son pauvre siège. La dame aux cheveux bleutés se met à hurler. Le tueur la fait taire d'une balle dans la bouche.

Après quoi, il dévisse son silencieux, comme un menuisier ôterait la mèche d'une perceuse, son travail terminé.

Il lance aux autres, en italien :

— Emportez-moi ces deux charognes à la cuisine !

L'un des Autrichiens comprend la langue du Dante puisqu'il traduit à ses potes. Les violeurs d'Hélène s'emparent des femmes mortes et les évacuent.

— Vous ne méritez pas de vivre ! crié-je au Rital.

Il hoche la tête.

— Mais si.

— Et vous ne méritez pas non plus d'avoir eu une mère !

Il marche droit à moi et se met à me pisser dessus.

— Encore un mot sur ma mère et je te liquide tout de suite !

Son jet chaud me cingle le visage. Je ferme la bouche, mes yeux aussi hermétiquement qu'il m'est possible.

CHAPITRE 10

Le Canard Donald Reagan...

Enchaîné.

Le Canard Enchaîné Donald !

Reagan qui ricane...

Mon cervelet se cogne au verre de la réalité tel un papillon contre celui d'une lampe (1). Que m'est-il encore arrivé ?

J'essaie de...

Ah ! oui, le vilain tueur à sang froid. Il a piqué une crise. A la suite de quoi ? Que lui ai-je dit lorsqu'il m'a eu infligé cette humiliation insigne, la presque pire de toutes si tu exceptes l'empétardage inconsenti. Me souviens plus de l'insulte qui m'est venue aux lèvres. Mais c'est parti. Comme est parti son pied en direction de ma tempe : v'lan ! Tout s'est dispersé dans ma pauvre tête. Comme si je venais de recevoir un coup de téléphone en bronze.

Et le noir.

Le noir, si noir... L'oubli... Le néant... Avec, pourtant, me semble-t-il, des images plus ou

(1) *La métaphore, sémaphore (c'est ma force, pardon !).*

moins lointaines, plus ou moins floues. Scabreuses sur les bords...

Et là, Reagan. Pourquoi Reagan? Je vais t'espliquer. Sur une table basse, non loin de mon visage, se trouve une pile de journaux et revues. L'une de ces dernières a chu de la pile. Sa couvrante représente Donald-le-canard Reagan. Pour ceux qui dans quelque temps ne se rappelleront plus Reagan, je précise qu'il s'agissait du Président des Etats-Unis au visage entièrement plastifié, pour qui des scientifiques avaient fabriqué un poumon d'acier en forme de complet bleu, aux plis de pantalon impeccables puisqu'il était en zinc. Cet homme exceptionnel qui jouait les cow-boys avant de jouer les présidents représentait un sommet de la technique. Il pouvait dire *Hello! I am the best* sans avoir besoin d'ouvrir la bouche. Grâce à son poumon entièrement calorifugé, il sortait sans pardessus par les plus grands froids. Il n'avait nul besoin de voitures blindées car il était immunisé contre l'impact des balles, ce qui lui avait valu l'impertinent surnom de « Peau de balle et balle-écrin ». Il aimait copier ses façons sur le président français de l'époque et envoyait volontiers des troupes d'élite dans des îlots perdus sous prétexte d'y implanter des bureaux de l'American Express. Dans les manifestations publiques, on le sortait toujours en compagnie d'une dame conservée dans la neige carbonique, à l'aspect rassurant, dont personne ne doutait qu'elle sache confectionner d'excellentes *apple-pies* et dont la fonction consistait à embrasser son époux à la fin de ses discours, lui flanquant par la même occasion cinq cents grammes de poudre de riz sur la gueule. Mais comme, rappelons-le, celle-ci était plastifiée, on lui rendait l'éclat du neuf d'un coup de nénette.

Je demande pardon de ces précisions auprès des impatients, mais je suis pour la conservation de l'Histoire. La particularité du Président Reagan était d'être déjà lui-même en conserve au moment de la faire; contrairement à notre président à nous qui ne l'était pas (conservé).

Mais revenons à nos sadiques. Il n'en reste que deux : le cruel Italien aux yeux de mort, et le petit Autrichien qui s'activait sous la grappe humaine dont Hélène était le centre de communication. Un troisième homme, inconnu de moi, a rejoint le commando. Un grand diable tout frisé, tout émacié, habillé d'un pantalon de velours noir et d'une blouse de cuir râpé.

Les trois discutent dans le fond de la pièce. C'est le Rital au complet rayé qui, visiblement, donne les directives. Je m'efforce de prendre des nouvelles de mes amis. Hélène a été ligotée, comme nous, et repose sur le canapé. Le Gros se trouve à deux mètres de moi, sur le plancher, mais il a retrouvé ses esprits. Ses gros yeux de chien ivrogne fidèle ne me quittent pas. Comprenant que je suis de retour, il sourit. Ce sourire, c'est du pain chaud avec du miel par-dessus, ou du Boursin à l'ail. Il me chauffe le corps, le cœur, l'espoir. D'un battement de cils, je questionne Messire Gradube. On se comprend si bien, les deux! Je lui demande si ses liens sont serrés à bloc, ou bien s'ils lui permettent d'espérer... Sa réponse est négative, catégorique. Non, tout comme bibi, il ne peut broncher. Des heures viennent de s'écouler et je suis engourdi, solidifié, glacé jusqu'au cœur de la moelle pépinière.

Les trois comparses se séparent. Le petit Autrichien boit un coup de gnole ou de je ne sais quoi à même un flacon. Le grand frisé regarde des bibelots d'ivoire disposés dans une vitrine et empoche l'un d'eux. Souvenir, souvenir...

Quant au tueur, plus méthodique qu'un ordinateur, il passe ses prisonniers en revue. Il commence par Hélène, continue par le Gros, finit par moi.

Il déclare :

— C'est lui qu'il faut prendre. Le Gros est trop gros, la fille est trop faible.

Ses compagnons ne répondent rien. Ils s'en foutent ; ils obéissent...

Du temps passe, tant bien que mal ; plutôt mal en ce qui me concerne. J'ai tellement de fourmis par les membres que je me sens devenir mille-pattes.

Un carillon, quelque part dans la pièce, égrène (comme écrirait Ponson du Sérail) le coup de minuit et demi ou celui d'une heure. Quelques secondes plus tard, il bisse. Donc il est une heure.

L'Italien va à la fenêtre et examine la rue.

— Bravo à la météo, soliloque-t-il. Pour du brouillard, c'est du brouillard !

Puis, au bout d'un silence :

— Vous devriez descendre, Tortollani, et attendre le signal sous le porche. Prenez votre talkie-walkie ; s'il se passe quoi que ce soit, prévenez-moi, je resterai en liaison constante. Concernant les bonbonnes, il vous suffit de les déboucher et de laisser la porte de la cabane ouverte, le gaz s'élèvera sans problème et s'opacifiera au contact de l'air. Ensuite vous grimperez dans la cabine de la grue et vous attendrez mes ordres.

Le nouveau venu dit un truc en italien, ce doit être de l'argot milanais car je n'y entrave que pouic.

Il s'en va après avoir accroché un talkie à son cou et remonté la fermeture de son blouson.

Quand il est parti, l'Italien va fouiller dans une sacoche de cuir accrochée au dossier d'une chaise. Il y prend deux grands sachets qu'il éventre. Les sachets contiennent des bandes de sparadrap de dix centimètres sur cinq. Sans vergogne, il me les superpose sur le clapoir. Heureusement que je ne suis pas enrhumé, sinon ce serait l'asphyxie !

— Je te fais un cadeau royal, plaisante-t-il ; tu vas assister à l'opération.

Mon regard expressif doit marquer une intense surprise puisqu'il ajoute :

— Il faut qu'on t'ait à portée de tir le plus possible pour le cas où il se produirait un pépin. Ta vie répondra de la nôtre.

Il hèle l'autre mec et lui ordonne de m'empoigner par les pinceaux. Lui-même, pas feignasse, se charge des épaules. Alors bon, nous v'là partis. Te dire qu'ils me ménagent relèverait du délire. Je prends des chtards de toutes parts : à bâbord, à tribord, contre la quille, sur la dunette. Le plus douloureux est l'ascension de l'escalier menant aux combles. Une fois sur le plancher poussiéreux, ils m'abandonnent pour vaquer à leurs préparatifs. On sent qu'ils ont répété. Ils agissent promptement, sans en casser une broque, à la lumière d'une grosse lampe portative de camping, laquelle diffuse une lumière rouge qui les transforme en démons. N'en sont-ce pas, d'ailleurs ? Hein, réponds ! Le comportement de ces *desperados* n'est-il pas satanique ? Le Rital se permet de siffloter entre ses dents. *La Traviata !* Et tu ne peux pas savoir la dimension métaphysique que ça prend, cet air fameux, dans ce grenier, où s'élabore le rapt du siècle. Temps à autre, l'Italoche consulte sa tocante à cadran phosphorescent ; il lui arrive aussi d'escalader l'escabeau pour aller mater sur le toit. Aucune nervosité. Ses gestes sont aussi réfléchis et calmes que celui du grand patron qui t'a pratiqué l'ablation des testicules en croyant qu'il s'agissait de tes amygdales.

Il coltine le hamac sur la plate-forme, et puis une série d'ustensiles que je ne parviens pas à distinguer. Lorsque tout est terminé, il ouvre une valise que je n'avais pas vue lors de ma première visite des lieux, parce qu'elle était posée sur une poutre maîtresse. Il l'ouvre, en tire deux combinaisons noires et deux passe-montagnes également noirs.

— Allons-y, plus que dix minutes ! annonce-t-il à son pote.

Ils ôtent alors leurs vestons et passent les survêtements. Ensuite, se capuchent la hure avec les passe-montagnes. Ils enfilent des gants de fil noir. Dans la valise, il y avait encore des chaussons de feutre, noirs également, est-il besoin de te le préciser, pauvre glandeur ? Plus une ceinture d'étoffe noire avec des boucles et des gaines tout autour. Ces messieurs y fixent leurs armes et leur matériel.

— On le grimpe ! décide le chef, en parlant du pauvre de moi.

Ils me hissent sur la plate-forme. L'air est frais, il tombe une espèce de grésil poudreux. Je suis déposé sur le plancher d'aluminium froid comme le cul d'un bobsleigher tombé de son engin en cours de prestation.

Le Rital murmure dans son talkie-walkie :

— C'est O.K. ! Tortollani ?

— Paré, grasseye une voix.

— Nous de même ; vous actionnerez dès que le raffut commencera.

Mon cœur cogne atout pique (pardon : à tout rompre). Mon impuissance me fout dans un état de crise aiguë. Je comprends la rage de Don Diègue souffleté par ce con de comte, que merde, Rodrigue a eu raison de lui filer sa lardoire dans la paillasse. Ne pas pouvoir intervenir, c'est le bout de l'horreur pour un homme d'action comme moi !

Les deux types sont à peine distinguables, tout en noir dans la brume très dense. Je comprends que c'est bien parti pour eux. Ils ont dévidé le tuyau noir et attendent, tenant son extrémité.

Le Rital a parlé de « raffut ». Je pige qu'il s'agit de l'opération dite « de diversion », chargée à la fois de couvrir le bruit de la grue et de mobiliser l'attention des gardes en faction autour de l'Elysée. Qu'ont-ils combiné, ces salopards ?

Ça se produit sec. Le heurt caractéristique d'une collision, ponctué de cris. La chose a dû se passer rue du Faubourg-Saint-Honoré, non loin du palais présidentiel. Malgré le brouillard, une clarté fait tache d'huile dans cette direction. Les cris ne sont pas des cris humains. Ils s'égayent un peu partout.

— Bien! apprécie sobrement le Rital.

Le zonzonnement de la grue se fait entendre, suivi du léger couinement de ses poulies entrant en action. Mes sbires sont dressés et guettent l'arrivée du crochet. Ils le trouvent. Le chef murmure : « Stop! » Les couinements s'interrompent. Les deux gars font fissa pour fixer le hamac au crochet et s'y suspendre eux-mêmes. Avant de décoller, le Rital me dit :

— J'ai ma carabine à lunette infrarouge, tu resteras continuellement à portée de balles, ne l'oublie pas. (Il ajoute commak, dans l'appareil :) Go!

Les couinements reprennent; le temps de compter jusqu'à trois, je ne les vois plus, la brume s'est emparée d'eux, ils s'y sont dissous. L'effervescence gronde rue du Faubourg. Les cris, je crois les identifier : ce sont des grognements de porcs affolés. Je vois le topo. Accident simulé, avec une bétaillère bourrée de gorets. Tout a été préparé pour que, sous le choc, le véhicule s'enflamme et que la partie réservée aux animaux se disloque. Messieurs les cochons, terrorisés par l'incendie, sautent de la bétaillère et se dispersent. Tu imagines le topo : un camion en flammes, à deux pas de l'Elysée, et plein de porcs en vadrouille dans le quartier. De quoi meubler la nuit blanche des factionnaires.

Pendant ce temps, M. le président se repose dans ses appartements pontificaux. S'il ne dort pas, ça ne va pas traîner, avec le gaz qu'on va lui brancher.

Comment empêcher cela ? Je gamberge tant que ça peut. J'échafaude...

Et alors, j'arrive à une conclusion. *J'ai peut-être un moyen d'empêcher le rapt.* Un seul. Oui, un seul et unique. Tu devines lequel ? Non ? Je vais te le dire : *tomber du toit !*

Ça te fait claquer des chailles ? Et à moi, donc ! Mais j'ai beau retourner la question dans mon cerveau inventif, aucune autre solution ne se propose.

Si je tombe du toit, ça va faire du boucan. Il y aura bien un locataire de l'immeuble, ou un passant, ou des sergots en train de courser les gorets qui sera (ou seront) alerté (s). En me découvrant, écrabouillé, entortillé de fil de fer, ils fouilleront l'immeuble, découvriront Béru et Hélène, lesquels les mettront au parfum. Le Gros et ma douce consœur seront sauvés, le président également. On débaptisera la place Charles-de-Gaulle pour lui filer mon blase à moi. Idem l'aéroport de Roissy. J'évoque le chagrin de ma Félicie. Sa vie finie. Note que je me berlure, jamais on ne croira que j'ai agi volontairement. C'est trop impensable. Ils décideront que je suis tombé accidentellement, ces cons.

Alors ?

Tu comprendras ma légitime hésitation. Donner sa vie pour sauver celle d'un président et d'une paire de collègues, ça paraît naturel, quand tu le bouquines dans un polar. Dans la réalité, ça implique la vache crise de conscience ; un sens fabuleux de l'altruisme.

Mais ce qui me soutient, c'est la perspective de faire échec à ces fumiers. De les biter envers et contre tout. Je les posséderai en mourant. L'Antonio chéri aura eu le dernier mot. Allons, courage, mon bel ami. Vaincs cet esprit de conservation qui nous neutralise, nous rend couards et flageolants. Songe aux kamikazes japonais, à ceux des causes palestiniennes qui acceptent de se faire péter avec une bagnole bourrée d'explosif.

— Hop !

J'imprime une secousse à ma personne. Roule vaille que vaille jusqu'au rebord de la plate-forme qui ne mesure pas plus de cinq centimètres de hauteur. Un ultime sursaut, et pouf ! je tombe sur le toit que je me mets à dévaler. Impossible de stopper mon anéantissement désormais. C'est parti, mon kiki ! Je suis un rouleau à pâtisserie lâché sur une pente. Tu parles qu'ils sont faits pour s'entendre : une pente et un rouleau à pâtisserie ! T'exprimer mes pensées, les ultimes ? Trop confus... Félicie, la vie, le soleil, une petite brume matinale sur le vallon des Baux, des corps de femmes, le glouglou du vin dans un verre, des odeurs de pain chaud, des pages de *Crime et Châtiment*, de *Mort à crédit*, de *Belle du Seigneur*... Les *Pieds-Nickelés*... Un chien que j'aimais... Des visages qui me sourient...

Je roule de plus en plus vite.

Ainsi faisais-je, jadis, sur une colline aimée qui sentait le thym. J'allais au sommet. Elle était ronde comme le ballon d'Alsace. Je m'allongeais et me mettais à tourner. Je dévalais de plus en plus vite. Parfois je tressautais et j'en étais étourdi. Je sentais des pailles aiguës dans mes reins, des herbes urticantes me fouaillaient.

C'était bon. Il y avait des crottes de chèvres séchées par petits tas...

Et ça y est, le bord du toit ! Salut ! Le big saut ! Je plonge à demi dans le vide. Les jambes. Quelque chose de solide comme la main de saint Christophe me retient dans le dos, par mon fil de fer. Un crochet maintenant le chéneau peut-être ? Hein, oui, ça te semble plausible ? Alors, on dit ça : un crochet. Et je suis suspendu au-dessus de la rue. Je ne vois rien. Tout est épais, cotonneux. Ça pue la brumasse parisienne, et aussi le produit chimique.

Les autres, là-bas, sur le balcon présidentiel, peuvent-ils constater la précarité de ma situation ? Si oui, seront-ils tentés de m'ajuster avec leur flingue à lunette perce-nuit ? Le crochet est-il en mesure de me sustenter longtemps ? Le flot des points d'interrogation me roule dans l'épaisseur de son mystère. Par exemple, je me demande si leur coup de main se déroule bien, en face ? Et la suite, dis ? Y en aura-t-il seulement une pour le gars mézigue ? Sacré 1er janvier, cré bon gu ! Heureusement que c'est une année bissextile : si je m'en sors, j'aurai un jour de plus à vivre pour compenser cette foutue journée. Note que nous sommes le 2, à présent !

La course aux cochons continue dans le quartier. Les pompiers se la radinent en trompe. Pain-pomme, pain-pomme ! La clarté rougeoyante, sur ma droite, disparaît. Leur faut pas longtemps, aux casqués, pour éteindre un sinistre de ce genre. Les braves gens ! Ah ! mesdames, faites-nous beaucoup de pompiers, de grâce !

Le crochet du chéneau tient bon : je ne le sens

pas fléchir sous mon poids. Ainsi donc, la Providence n'a pas voulu de mon sacrifice. Je dois remettre mon héroïsme dans ma culotte. Soit. Néanmoins ma posture n'a rien de folichon.

Le temps passe. Le brouhaha se tasse. Un dernier espoir me chauffe l'âme en sourdine : Béru ! En ce moment, le Gros est seul avec Hélène dans l'appartement ; ligoté, certes, mais tellement ingénieux et fort ! Suppose qu'il parvienne à se libérer ? Dès lors, c'est la gagne tous azimuts, pour peu que mon crochet continue de faire du zèle.

Cet espoir se mue en début d'allégresse quand je perçois du bruit dans le grenier. Pas d'erreur, quelqu'un vient. L'escabeau permettant d'accéder au toit gémit sous les kilogrammes d'un mec. On marche à présent sur la plate-forme d'alu.

Je me fous à geindre pour attirer l'attention de Mister Tripaille. Message reçu ! Un faisceau rouge, très faiblard, parcourt la zone où je me trouve et finit par me capter.

— Vasistas ! s'exclame sourdement une voix teutonne.

Malédiction ! Il s'agit d'un membre de l'équipe Johann II !

CHAPITRE 11

Il est des jours où ça rentre sans vaseline et d'autres où t'as beau lubrifier, impossible de te la mettre sur orbite.

J'escomptais Béru, et c'est Blücher qui se pointe : l'homme qui fume le cigare avec son cul. Il a goupillé l'affaire des petits cochons, lesquels ne l'ont pas bouffé en route vu qu'on respecte toujours ses frères quand ils sont baraqués.

Il est laguche, à plat ventre sur la plate-forme, et je dois reconnaître une chose qui plaidera pour son salut éternel : il tend la main afin d'essayer de me s'emparer. Mais il s'en faut de cinquante centimètres virgule quéqu' chose. Et même, compte tenu que mes bras ankylosés sont soudés à mon buste, je ne vois guère comment il pourrait parvenir à m'arracher.

Comme il est moins intelligent que moi d'environ cinquante kilos, il pige l'inanité de sa courageuse entreprise et me déclare qu'il va chercher une corde.

Je n'aime point trop. Incapable de tout mouvement, je n'ai guère d'inclination à me livrer à ses manœuvres, pauvre corps mort que je suis. Ma seule consolation est que s'il rate son coup, j'irai ainsi me fraiser la pêche dix étages plus bas, ce qui, bon, d'accord, constituait mon projet initial.

Il revient, dûment équipé, reprend sa position de sauveteur, à plat ventre sur le froid métal. Il a constitué un nœud vachement coulant avec sa corde et tente de me pêcher. Note que je ne me fais pas d'illuses. Ce n'est pas pour ma valeur intrinsèche qu'il s'escrime ainsi, mais pour éviter ce que, précisément, je voulais réaliser en me détoitant, à savoir que je rameute les populations para-élyséennes.

Cet homme est lent, mais obstiné. En outre, il affectionne les films de cove-bois et l'art du lasso n'a pas de secret pour lui. Costaud comme un taureau inséminateur, qui plus est ! Il fait si bien qu'il me décroche et me hale jusqu'à lui. Je retrouve le contact glacé avec la plate-forme.

A peine y suis-je, que le zonzonnement de la grue reprend. Selon un code initialement prévu, le gros « Tiens-fume ! » opère quelques signaux avec sa loupiote rouge pour signaler la plate-forme. Mon cœur chamade à en fissurer le tympan de Notre-Dame.

Quid du cher président ?

Le gros mec sonde la nuit doublement opaque, guettant l'arrivée de ces messieurs. Il a toujours des petits clignotements de lampe afin de baliser la piste d'atterrisage. Mon idée ne fait ni hune ni d'œufs. Je repte de façon à me mettre perpendiculairement à lui. Mes pieds sont près des siens. Je concentre mon énergie, bande mes muscles, arque mes jambes le plus possible. Et v'lan ! C'est la secousse. Mes pinceaux frappent ses jarrets. Rien de Guillaume Tell pour déséquilibrer le quidam que ne s'y attendait pas. Surtout, sa pomme : tout dans les membres supérieurs, pas grand-chose dans les inférieurs. Il est littéralement fauché et bascule. Il ne roule pas sur le toit de zinc noir, mais y glisse. D'esprit un peu lent, il n'a pas l'opportunité de bien piger ce qui lui arrive. D'ailleurs, ça changerait quoi ? Il passe à côté de mon crochet et s'engouffre dans les profondeurs abyssales de la rue. Son beuglement retentit en différé. Et puis ça fait « tchlaofff ! ». Point à la ligne.

M'y voici.

A la ligne.

Pour te dire qu'une masse sombre se dégage du brouillard et oscille au-dessus de l'immeuble. J'entends des bruits de fenêtres ouvertes, des gens qui interrogent le vide : « Qu'est-ce qu'a fait ça ? On dirait que quelqu'un est tombé d'un étage... Mais moui, regardez en bas... » Une onde chaude comme une brise d'été me parcourt... La masse est tout à fait présente. Un hamac chargé. Les deux hommes. Le Rital toujours aussi froid. Il dit au grutier dans le talkie-walkie : « Restez où vous êtes, ne bronchez pas, personne n'aura l'idée de grimper vers vous, attendez que ça se tasse avant de filer. »

Son pote est moins self-contrôlé que lui.

— Pas moyen de quitter ce putain d'immeuble, dit-il.

— C'est prévu, j'ai une solution de rechange, répond le chef.

L'autre supplie :

— Alors, faisons vite !

— Pas de panique ! gronde le Rital, ils vont vérifier les appartements étage après étage, ça nous laisse du temps.

— Qu'est-ce qu'on fait du flic, on n'a plus besoin de lui, maintenant on a un sacré otage !

— On l'emmène !

— Mais...

— Pas de mais, il va nous aider. Il faudra bien s'il tient à la peau de son président.

Et, se baissant vers moi :

— Tu as entendu, poulet ?

J'opine.

Donc je suis.

Le tueur déclare :

— Je vais te libérer et tu vas nous accompagner. Au moindre geste de travers, on bute ton roi de France, tu me connais maintenant ?

Nouvel acquiescement muet (et pour cause), du cependant disert Sana. Il tire des pinces de sa ceinture-atelier : cric crac ! Me détortille.

Pendant ce temps, il questionne, sans émotion ni âpreté :

— Notre copain, c'est toi ?

Du menton il montre la rue.

Je secoue négativement la tête, des yeux je le prie de considérer que mon saucissonnage était parfait. Comment aurais-je pu, un gaillard pareil ?

Il hausse les épaules. Après tout, il s'en fout. Maintenant, le mal est fait. Il s'agit de le conjurer.

— Debout !

J'essaie. Impossible, je ne sens plus mes flûtes.

— Bon, je vais te masser un peu. Si tu joues au con, mon ami carbonise le président et toi avec !

Faut lui reconnaître deux choses, à cet Italoche. Il tue vite et bien et masse de même. Ses deux mains en action me mitraillent les cannes à une vitesse folle. Ma circulation se rétablit.

— Bon, allez, ça va jouer, lève-toi !

Je parviens difficilement à m'agenouiller ; puis à me mettre debout. Victoire ! Jadis, on marchait à quatre pattes, les hommes. Et puis un jour, un connard plus futé que les autres s'est dressé sur ses postérieurs. Un gazier déjà conditionné pour le dressage qui allait suivre et qui s'amplifie de nos jours de merde. Et bon, je ressemble à ce type d'il y a si longtemps. Eprouvant, comme ce dut être son cas, un profond sentiment de supériorité.

— Prends le hamac avec mon gars et coltinez le client. Une dernière fois je te rappelle que sa vie est entre tes mains.

On s'attelle à la charge. C'est lourd. Trop de repas officiels ! La fonction tue l'organe (celui du foie en particulier).

C'était organisé de première. Tout au fond du grenier, se trouve une porte de fer. Le tueur prend une clé cachée dans une anfractuosité du mur et déponne. Nous franchissons l'ouverture. L'homme, de plus en plus calme et appliqué, referme consciencieusement, une fois que nous nous trouvons dans l'autre immeuble. Il marche sur notre flanc, nous éclairant de sa lampe torche.

Il soupire :

— Dommage : il fallait liquider la fille et le gros flic avant de partir.

De la tête je lui réponds que *Nobody is perfect.* Mais je suis plein de reconnaissance intérieure. Ça, au moins, c'est gagné : Hélène et le Gros vivront. La pauvrette martyrisée quittera probablement la Rousse. Epousera-t-elle son toubib malgré ce qu'elle a subi ?

On parcourt un nouvel espace de rebut qui sent le vieux bois et cent ans de poussière accumulée.

Ensuite : un escadrin...

Puis un palier.

Rien ne ressemble autant à un immeuble parisien que celui qui lui est contigu depuis Haussmann.

Une certaine effervescence est perceptible dans les étages inférieurs. Des locataires alertés par le valdingue du Fume-Cigare, probable, sans parler du ramdam des cochons frivoles et du camion en flammes...

Pour la première fois, le tueur paraît perplexe. Il balance entre attendre que « ça se tasse » et risquer une sortie. Il semble avoir trouvé car il chuchote à l'oreille de son camarade. Ce dernier m'intime de déposer le hamac présidentiel sur le plancher ciré. Le Rital me fait placer face au mur, les pieds éloignés de celui-ci, les mains appuyées contre, dans l'attitude que la police ricaine fait prendre aux malfrats qu'elle arrête afin de les fouiller.

— Pense au président ! me répète le Rital.

Je ne pense qu'à lui, Seigneur !

Le big chief descend les étages à pas de loup.

Son acolyte autrichien me pointe sans défaillance. Il est accroupi près du hamac. A travers les mailles, je distingue nettement l'illustre kidnappé, en pyjama bleu clair gansé de bleu marine. Il ressemble à sa statue de cire du musée Grévin. Pourvu que ces salopards n'aient pas forcé la dose, doux Seigneur !

Je mate mon garde, en coin. Il ne cille pas. Comme son feu est équipé d'un silencieux, s'il me butait il n'ameuterait pas la taule pour autant.

Au bout d'un assez long moment, le Rital revient.

— Descendons à l'étage au-dessous, nous prendrons l'ascenseur.

Nous voici de nouveau à coltiner le cher fardeau. « C'est la France que je porte », me dis-je. Et je bande mes muscles comme un cerf.

L'ascenseur est à disposition. La cabine n'est point très grande et nous devons nous tasser. J'imagine qu'il me serait loisible de tenter quelque chose, seulement je n'ai pas d'arme et deux canons de pistolet sont enfoncés dans ma viande : l'un au milieu de mon bide, l'autre dans mon flanc droit. En admettant que je file un féroce coup de boule à l'un de mes tortionnaires, l'autre défouraillerait instantanément. Que se passerait-il alors ? Je préfère ne pas me livrer au jeu des suppositions.

Toujours est-il qu'il y a une drôle d'effervescence dans la rue. Les voitures de bourdilles se succèdent à un rythme précipité. Tu te croirais à un contrôle du rallye de Monte-Carlo (non, j'ai vu monter personne). A-t-on découvert l'inimaginable ? C'est-à-dire le rapt du président ? Si oui, tout Pantruche sera ceinturé. T'imagines ce dispositif triple zéro, l'aminche ? Pas un poultock qui ne participe à ce formidable verrouillage.

Je me demande aussi ce qu'est allé fabriquer le tueur dans les étages inférieurs. Pas longtemps. Je découvre le pot aux roses à travers les grilles de la cabine.

Des gens gisent sur les paliers. Des mecs en robe de chambre, telles des patates ; des dames en atours nocturnes plus ou moins salopiaux. Ils sont vautrés devant l'ascenseur, certains sur leur paillasson ; messire Superman les a envapés grâce à une bombe soporifique. Une odeur âcre flotte dans la cage d'escalier, qui picote les yeux et la gorge. Ce malin s'est amené rapidement, et silencieusement avec ses chaussons de feutre. Tchloc, tchloc ! Une brise venue d'ailleurs, et bonsoir les petits.

On se pointe au rez-de-chaussée. Le brouhaha continue de s'enfler derrière la porte cochère. Jamais nous n'allons pouvoir sortir dans un tel appareil ! Aussi ne sortons-nous pas. Toujours sûr de lui et dominateur, malgré qu'il soit italien, notre chef d'équipée se dirige vers le fond de l'immeuble. La porte menant aux caves ! Nous continuons de descendre. Je prends mille précautions pour ne pas trop malmener le président.

Et dire qu'il y a quelques heures à peine, il écoutait des disques chez nous, à Saint-Cloud en savourant les excellentes crêpes de m'man ! Le grand cher homme ! Ce que la vie va vite ! Comme elle galope ! Comme elle nous charrie inexorablement, semblable à un torrent en crue.

Qui vient de crier « Il faut laisser les crues se tasser ? » C'est malin ! Une affligeance pareille, en un moment tellement dramatique pour le pays ! Moi, ça me mine, une telle inconscience. Bande d'abrutis, va ! Qui ne comprennent pas la gravité de ce qui se joue ! Vous verrez, s'il arrive malheur à mon fardeau, vous verrez les conséquences ! Papa Poher qui remet son air de valse à trois temps ! La foire d'empoigne d'élections nouvelles ! Le Pen au pouvoir ! Tu me crois pas ? Tu verras : depuis le temps qu'il ne dort que d'un œil, le Jean-Marie, ça nous (Le) Pen (d) au nez comme un sifflet de deux sous ! La France jouera « On purge bébé ». Les charters voleront bas en direction de la Nord-Afrique. On ouvrira des salons de thé, rue de la Goutte-d'Or. Tout le dix-huitième sera réputé zone résidentielle. M'sieur Charnu, le maire de Villeurbanne, actuel ministre désarmé, sera obligé de faire venir des Scandinaves pour occuper les anciens quartiers maghrébins. On trouvera plus que des bons à rien (ou aryens ?) sur les trottoirs. Les Israélites s'exileront en Allemagne pour se mettre à l'abri des répressions possibles. La septième mère Veil du monde fondera un gouvernement provisoire, à London. On fera des jeux Olympiques juste avec le Chili et l'Afrique du Sud, ce qui nous donnera des chances d'avoir des médailles de bronze. Gouverner, c'est prévoir ; mais prévoir c'est délirer. Lis bien mes délirades, l'aminche, elles n'ont l'air de rien, seulement Mme Soleil ressemble à la Lune, comparée à ma pomme. Reporte-toi à mes anciens *books*. Tout y était annoncé entre deux culteries. Pas ma faute : je flaire les choses. Je prévois leur trajectoire. Quand on joue pile ou face, je prévois pas si ça va être pile ou face, ce que je prévois, c'est que la pièce lancée en l'air va retomber. Te marre pas : peu de gens comprennent cela. Et pourtant c'est cela qui importe : que la pièce retombe. Ce qu'elle indique n'a aucune importance puisque pile ou face COMPOSENT la pièce de manière formelle avec une équité absolue.

Et faut bien t'en revenir à l'escadrin de la cave. Tout en bas, se présente un couloir que nous suivons de bout en bout. Le fond en est muré, mais le Rital flanque quelques coups de pied dans les briques et celles-ci s'écroulent, démasquant une ouverture obscure pleine de sales exhalaisons.

Compris : les égouts.

Mes comploteurs n'innovent pas, mais des recettes éprouvées, lorsqu'elles sont bien cuisinées, valent mieux que des initiatives bâclées.

Une échelle roide, en fer rouillé. L'Italien allume une lampe torche à filaments maugréateurs inversés, ce qui donne une clarté éblouissante. Il descend le *first.* Moi le second, soutenant le président de toutes mes forces. L'Autrichien ferme la marche. J'ai les jambes qui tremblent. Les miasmes sont renversants. On se met à patauger dans la fange et la sanie. On en a jusqu'aux genoux.

— Pressons ! fait le Rital.

Et, à moi :

— N'oublie pas un instant que si notre affaire foire, il y aura deux postes vacants en France :

l'un de commissaire, l'autre de président de la République.

Non, non, qu'il soit tranquille. Encore une fois, je n'oublie pas.

D'ailleurs, je n'oublie jamais rien !

CHAPITRE 12

Longue marche. Il me faudrait une musique allègre pour me stimuler. Tiens, *le Pont de la rivière Kwaï,* je le prends. La musique, ça assiste bien les hommes quand ils vont au casse-pipe.

On patouille dans la merde parisienne : la plus belle du monde ! Surtout dans le quartier Champs-Elysées où probablement nous vadrouillons. M'est avis que ça doit s'agiter en surface. On aura découvert et délivré Béru. Il aura parlé. Le rapt du président ne fait qu'un cri. L'opération du Rital est vraiment sans espoir, sauf, naturellement, s'il use du président comme mornifle d'échange.

Au bout d'une plombe au moins, on stoppe devant un collecteur plus petit qui se jette dans le nôtre comme la Saône dans le Rhône à la Mulatière, ce port fluvial où tant de gens vont passer leurs vacances d'été. On biche cet embranchement. Une centaine de mètres encore puis l'Italien stoppe devant une nouvelle échelle scellée dans la paroi. Rappelle-toi qu'il a dû préparer son histoire consciencieusement. Ça doit faire lulure qu'il était sur le coup, l'apôtre.

On hisse le président.

Une nouvelle cave. Le chef s'absente un moment et revient escorté de deux infirmiers qui ne sont autres que les deux Autrichiens manquant à la pelle. Ceux-ci portent une civière. On défait le président. On l'allonge sur le brancard, l'enveloppe dans une berlue, lui cloque un masque à oxygène sur le visage, histoire qu'on le méconnaisse. Tant de glandeurs se mettent un masque à sa ressemblance quand ils veulent faire les cons !

Les « infirmiers » emportent le « malade ».

« Bien, me dis-je. Leur coup se développe admirablement. Désormais, mon tagoniste n'a plus besoin de moi. C'est ici que nous allons nous séparer. Mais auparavant, il va me distribuer quelques pralines au poivre de son magasin de farces et attrapes.

Nos regards se rencontrent. Il lit mes pensées.

— Non, non, me fait-il, pas encore ! Besoin de vous jusqu'au bout, mon vieux.

Tiens, voilà qu'il me vouvoie. Parce qu'il se sent plus détendu ?

Et de m'expliquer :

— On « l »'embarque en ambulance. Il se peut qu'on rencontre des barrages. Ce sera à vous de nous les faire franchir.

— Mais si on est au courant de mon propre enlèvement ?

— Vous tâcherez d'être convaincant, vous êtes notre seule chance en la matière, et celle du président. Suivez-moi. On va changer de fringues...

Un quart d'heure après, nous quittons l'immeuble. Tous les mecs du commando sont vêtus en infirmiers. Moi seul ai eu droit à un costar civil, beaucoup trop grand, à vrai dire, mais la nuit, les poulets, tout comme les chats, sont gris. Je ne reconnais pas tout de suite la voie où nous déboulons. Nous prenons place dans une grande ambulance à gyrophare, bardée de croix bleues et équipée d'une sirène qui t'escagasse les trompes. Je suis coincé à l'avant, entre le chauffeur et le Rital. Au bout de quelques centaines de mètres, je pige que nous déboulons rue de Ponthieu (Ponthieu de Ponthieu !).

Peu après, on enquille les Champs-Elysées. Je m'attendais à y trouver de la volaille survoltée, au lieu de ça, tout est peinard. On remonte jusqu'à l'Etoile (belle étoile du soir, messagère lointaine...) pour continuer ensuite par la Grande-Armée (ce qui me permet de te rappeler que la comtesse de la Trémouille, malgré sa grande piété, a usé plus de paires de couilles que l'Armée française de souliers). On va toute sirène glapissante jusqu'à la Défense. On oblique alors à gauche. L'ambulance fonce sans rencontrer d'obstacles. Mon effarement va croissant au beurre : ainsi donc, l'on n'a pas découvert le rapt du président ! Se peut-ce ? Béru n'a rien dit ?

Ma curiosité ne dure pas. Le Rital demande au conducteur :

— Tu as eu le temps d'achever le gros type et la fille ?

— *Ja,* répond l'interpellé, ce qui en autrichien comme en allemand signifie oui.

En moi c'est l'éboulade. Morte, Hélène ? Mort,

Béru ? Pourquoi une fantastique fatalité me réduit-elle soudain ? Bon, ils sont morts. Et ce sera mon tour tout à l'heure. Fallait bien que ça arrive. Un peu plus tôt, un peu plus tard...

— Ç'a été moins une, continue le conducteur : pile à cet instant, Kurt s'est planté sur le trottoir. Je n'avais pas d'arme sur moi, par mesure de précaution, avant l'opération camion je m'étais déchargé.

— Tu les as finis comment ?

— J'ai été footballeur !

Il éclate de rire... Je l'imagine shootant dans la tête de mes chers compagnons, leur faisant éclater la *box* crânienne, gicler la cervelle...

On s'arrache à la banlieue. Puteaux...

Qu'après quoi, le gonzier coupe la sirène et le gyrophare, baisse ses loupiotes. Il emprunte un chemin-rue qui longe des pavillons tristounets.

Ça cahote. On continue à allure modérée. Et alors on atteint une route secondaire qu'on prend sur un petit kilomètre. Je distingue, à travers la brumasse, des bâtiments aux toits en dents de scie : une usine. A mesure qu'on s'en approche, je m'aperçois que ses vitres sont brisées et qu'elle est à l'abandon. C'est néanmoins notre point de destination. L'ambulancier stoppe devant un portail rouillé et file un petit pet avec son klaxon. Les deux vantaux s'ouvrent (un vantail d'abord, puis un autre, ce qui fait bien des vantaux, pas la peine de me regarder comme ça !).

Nous débouchons (de carafe) dans une vaste cour d'au moins cent mètres sur cent, au beau milieu de laquelle stationne tu ne devineras jamais quoi. Un hélicoptère ! Quelques rares lumières éclairent mal un groupe d'hommes... Ils se tournent vers nous autres arrivants. Comme le chauffeur s'est mis en lanternes, je ne distingue pas leurs frimes. L'auto à croix bleues stoppe à quelques mètres de l'hélico.

— Cette fois, me dit le Rital, je pense que je n'ai plus besoin de vous.

— Et alors ?

Il a un ricanement aimable.

— Ben, concluez...

— Dommage de supprimer l'unique témoin d'un tel exploit. Le coup de main du siècle ! J'avais l'occasion d'entrer dans l'Histoire.

— Qu'y feriez-vous ? Et puis vous n'êtes pas l'unique témoin : il y a ces messieurs et moi.

— Ça n'aura pas la même valeur d'objectivité.

Il sort de sa tire et m'ordonne de le suivre.

— J'arrive, lance-t-il au groupe.

Et à moi :

— Mettons-nous un peu à l'écart pour dégager la piste.

— Qu'allez-vous faire du président ?

— Ah ! ça, mon vieux, impossible de vous répondre. L'horloger sait-il ce que va devenir la montre qu'il fabrique ?

Nous allons à tout petits pas : moi parce que je ne suis pas pressé, lui par mesure de sécurité. Méfiant comme un loup, il reste à distance. Pas mèche de l'avoir par une ruade rapide. Que puis-je tenter ? T'as un conseil à me donner ? Un sprint ? Avec la pétoire qu'il a en main, c'est inutile. On ne la fait pas à un type de sa trempe. S'il a été choisi pour une action pareille, c'est qu'il a des références, non ? Il travaille dans le téméraire calme. Le sans bavures. C'est M. Pense-à-tout.

Désinvolte, je glisse mes mains dans les poches flottantes du trop grand pantalon. Crever en étant fringué en gugus, merde alors ! Mais ! Quoi ! Oh ! non, je rêve ! C'est pas vrai ! Tu sais ce que je sens, sous mes doigts ? Une boîte d'allumettes. Bon, m'objecteras-tu, avec ta cordiale ignardise coutumière, et après ?

Après ?

Ecoute, Toto, cesse de ricaner. Il connaît plein de petits trucs marrants, l'Antonio. Entre z'autres l'art et la manière d'enflammer toute une boîte d'alloufs à la fois. Petit jeu de société. Ça, c'est Gérard de Montauban qui me l'a appris, un jour qu'on éclusait un gorgeon avec Dédé de Toulouse.

Ça se pratique avec le pouce principalement. Bien entendu, les autres doigts y mettent aussi du leur. T'entrouvres la boîte. Tu dégages une allumette ; et puis tu... Oh ! classe, j'ai pas le temps de t'expliquer. Sache que je sors, mine de rien, la boîte de la glaude.

Je prépare mon petit bigntz. Tout ça en trois secondes. Ma dernière, mon ultime et bien infime chance.

D'un geste de l'avant-bras que le Rital ne peut prévoir, je virgule la boîte dans sa direction. Elle entre admirablement dans mon jeu, la chérie. Merci ! Oh ! cent millions de fois à la vaillante Régie des tabacs qui nous produit des alloufs de cette qualité. Cela fait comme une minuscule fusée éclairante qui éclaterait à vingt centimètres du pif de mon bourreau. La surprise le fait se cabrer. La force du désespoir me fait agir. Dedieu, ce mastar pain brioché qu'il prend en pleine poire. J'entends craquer des cartilages. Il titube. Je me jette sur lui, biche son bras armé. Un coup sur ma hanche, vraccc ! Cassé ! Bien fait, salaud ! La rogne meurtrière me soulève. En trois centièmes de seconde je me suis accaparé le feu. J'appuie le canon sur son bide.

— Tiens, pour la petite demeurée, fumier ! Poum ! ponctue le flingue. Tiens, pour sa grand-mère ! Re-poum ! répète l'arme docile. Tiens, pour mon pote ! Tiens, pour ma collègue ! Tiens, pour la vieille Rolande !

Chaque fois il se chope une bastos dans le baquet. Et c'est du beau calibre, crois-m'en.

Je me jette à plat ventre contre lui. J'ai sa gueule contre la mienne. Il respire encore. Il devient sadique, l'Antonio.

— Ça va, la santé, *amico ?*

Non, non, ça ne va pas. Il émet quelques bouts de râles et se fout aux abonnés absents.

Seulement dis : ça réagit ferme dans le groupe. Ils ont mal distingué, à cause de la brume et de la pénombre. Ils ne savent pas très bien où on en est.

Le faisceau d'une loupiote m'inonde.

— Jette ton feu et lève-toi ! crie une voix en bon français. Vite, sinon on abat le président !

J'hésite. Vont-ils abattre le président ? Ont-ils manigancé tout cela pour en arriver là ? Cet hélicoptère indique clairement qu'on veut l'emporter dans un lieu secret et qu'il va servir à bien d'autres transactions qu'à la neutralisation d'un poulet.

En guise de réponse, je tire sur le groupe.

Un gueulement m'indique qu'il ne s'agit pas d'une balle perdue.

— Prenez la mitraillette avec silencieux dans l'appareil ! dit une voix.

Compris : ils vont me mitrailler, mais sans trop vacarmer. Le Rital est mon unique rempart, bien fragile. Combien ai-je lâché de pruneaux dans le bide de cézigue ? Cinq ? Plus un à l'instant. Je suis un petit dépensier. Si ça se trouve, mon magasin est déjà vide. Tant pis. J'aurai tout de même risqué l'impossible. J'attends, recroquevillé au maxi, blotti contre l'homme mort, regrettant qu'il n'ait pas l'embonpoint de Carlos. J'entends discutailler les mecs. L'un d'eux gémit. Il dit, en allemand (tiens, c'est donc un des Autrichiens) qu'il faut le soigner tout de suite, pas le laisser se saigner ainsi... Pauvre homme.

J'attends la salve. Et elle vient. Un feu « nourri » comme on disait dans les récits de guerre (14-18). Ça roule, ça roule, ça balaie. Mais pas dans ma direction. J'entends gueuler. Et ça continue d'arroser, de nettoyer, rrra... rrra... rrra ! La curiosité me perdra peut-être, mais je veux en avoir la cornette (pardon, le cœur net). Alors je soulève ma tête d'aristocrate de la pensée.

Ce que je vois me fout droit. Ils sont quatre mecs, habillés de sombre, Borsalino rabattu sur le front, qui arrosent le groupe de l'hélico. Et les gars du commando, pris par surprise, jonchent. Qu'à peine si un ou deux remuent encore faiblement. Ils sont ajustés de première par un nettoyeur de tranchée.

La cour immense est tout ennuagée de mort. Elle pue la poudre et le sang. J'hésite. Vais-je avoir droit, moi aussi, à ma ration de plomb brûlant ?

— Vous pouvez venir, commissaire ! lance une voix qu'il me semble reconnaître.

Je me relève et je m'avance, les mains nues. Décor hallucinant, mon ami. Pour tourner ça, faudrait Coppola (au lait et noisettes). Misère des hommes, cette hécatombe. Ces infirmiers bidon, rouges de sang, pêle-mêle. Ce mec vêtu d'une combinaison verte (le pilote de l'hélicoptère), gagé-je ?

Et ce gus brun, là, avec un pardingue en poil de chameau... Mais ! On dirait... Pas de doute, c'est lui ! C'est tout à fait et très extrêmement lui !

Les quatre mitrailleurs se sont rapprochés. Tu les materais, dans le brouillard, à la faible lumière sourdant de l'ambulance ouverte ! Pardessus noir, gants et badas idem. Visages blêmes.

Il y a là César Césari-Césarini, Couchetapiane son secrétaire (de plus en plus particulier), plus deux julots qui me restent inconnus.

— On est tombés juste, pour vous et pour le président, non ? fait le patron du *Grand Vertige* avec satisfaction.

— Impossible de prétendre le contraire. Comment se fait-ce ? je réponds en me retenant de claquer des chailles.

— Grâce à vous, somme toute, qui m'avez mis la puce à l'oreille, répond mon sauveur.

Il me montre le gazier au lardeuss en poil de *camel,* lequel n'est autre que Jean Bambois, son factotum (de Savoie).

— Un vilain déserteur, dit-il. Je suis bien content de l'avoir aligné de ma main. Bien entendu, compte tenu des circonstances, commissaire, j'espère que cette petite sauterie sera portée aux pertes et profits par la Justice, non ?

— Ben voyons ! Vous disiez que je vous avais mis la puce à l'oreille ?

— Quand vous m'avez dit qu'il prétendait que le fusil ne m'appartenait pas. Un jour il l'a lui-même nettoyé, pour ne rien vous cacher. Son mensonge m'intriguait.

— Il pouvait vouloir vous sauver la mise ?

— Sans doute, pourtant l'affaire me tracassait. On s'est mis à les filer de près, lui et sa femme. En fin de journée, elle s'est rendue dans un studio meublé qu'ils avaient loué la semaine passée. On y a retrouvé une robe du soir bleue, taille gendarme et une perruque blonde pour diva de cent kilos ! D'énormes gants blancs tachés de poudre. C'est lui qui a flingué mon pote.

— Quoi !

— Sa donzelle a avoué, on a fait le nécessaire.

— Qu'est-elle devenue ?

— Elle a déménagé. Elle habite, paraît-il, dans un rouleau de grillage, au fond du canal Saint-Martin. On va profiter de l'ambulance pour y conduire son bonhomme : ne jamais séparer ce que le Créateur a uni.

Il me prend le bras.

— Je vous l'avais annoncé, commissaire, que je vengerais mon pote.

Bon, alors comme il est très serviable, César (on s'appelle par nos prénoms maintenant), il me conduit à la maison ainsi que le président, lequel sort des vapes.

Chemin faisant, il me raconte l'historiette.

— Al Kollyc, chargé (moyennant finances) du kidnapping pour le compte d'une organisation iranienne. Seulement, il a la langue trop longue et il y a des fuites. A preuve ce message envoyé par la C.I.A. à l'Elysée. Ses commanditaires n'ont plus confiance et décident de le neutraliser dare-dare avant le coup. Difficile, car il ne quitte pratiquement pas ma crèche.

« Les gars du réseau sont fortiches, ils apprennent que Jean Bambois, mon larbin, est un ancien taulard qui a tiré douze piges pour meurtre. On le soudoie. Cézigue, allongez-lui cinquante bâtons, il se couche ! C'est lui-même qui, connaissant les lieux, les gens et les habitudes, combine le flingage de Al et qui le commet. Il sait qu'il ne risque pas grand-chose dans ce brouhaha du Nouvel An.

« Mais lorsque ma famille et moi déclarons que le fusil m'appartient, il prend les jetons car il était certain que nous battrions à niort sur le chapitre pour esquiver la béchamel. Alors il vous jure ses grands dieux que je n'ai pas de fusil, ce qui est la meilleure façon d'affirmer qu'il en ignore l'existence et donc de se mettre à couvert...

« L'équipe des Ritals est déjà à pied d'œuvre et la rencontre entre eux et Al s'opère dans mon cabaret. Mais mon malheureux pote est abattu, les Ritals croient qu'il y a un monstre caca dans l'histoire et se rabattent sur leur planque de Vréneuse. Un nouveau « cerveau » les y contacte. Un Français, un toubib... »

— Merde! le coupé-je fort impoliment : le docteur Alex Handrin!

— C'est cela même; vous connaissez?

— Je l'ai eu à portée de flingue.

— Eh bien! il a disparu, vous auriez dû presser la détente du flingue en question, commissaire!

Il pose sa main sur mon merveilleux avant-bras si velu, musclé et bronzé.

— Vous cassez pas, Antoine, et ne faites pas de zèle à son sujet. Je vais mettre quelques gars de bonne volonté à ses trousses; il est préférable que ce soit nous qui le retrouvions. S'il avait affaire à la Justice, il s'en tirerait avec une contravention.

— Tandis qu'avec vous? ironisé-je.

Césari-Césarini a un geste fataliste :

— Ben, avec nous... Vous connaissez le tarif? Vous avez vu la fine équipe de l'usine?

— Je croyais que vous étiez rangé des bagnoles, César?

— Je le suis, Antoine, je le suis tant qu'on ne vient pas faire du rébecca dans ma crémerie; sinon je rempile dans les troupes d'élite des Etablissements Arcan *and Co.*

Il éclate de rire. Son expédition nocturne lui a filé une bouffée de jouvence, au taulier du *Grand Vertigo*. A soixante et mèches, on est content de recartonner un peu et de s'assurer que vos réflexes sont restés impecs.

Il y a du feu chez nous.

Note que je serais entré tout de même.

Je remonte l'allée, le président s'appuyant à

mon bras. Il a une puissance de récupération peu commune.

— Vous êtes un type très bien, commissaire, me dit-il. Je vous décorerai !

— Oh ! ce n'est pas la peine, monsieur le président. En numismatique, je m'intéresse aux pièces royales françaises et pas du tout aux médailles.

Il hoche la tête.

— Je croyais vous faire plaisir...

— L'intention me comble, monsieur le président, mais je préfère votre photo dédicacée.

— Vous êtes ambitieux, vous voyez grand, c'est bien ! D'accord, vous l'aurez !

— Si vous voulez bien la dédicacer au nom de Marie-Marie... C'est la nièce d'un de mes amis. Elle est socialiste.

— Et pas vous ?

Je réfléchis une seconde au moins.

— Si, monsieur le président, du fond du cœur ; mais seulement du fond du cœur.

La porte s'ouvre avant que nous n'ayons gravi le perron, car Félicie a entendu crisser le gravier. Elle se jette à mon cou.

— Mon grand ! Oh ! mon grand ! Quelle peur tu m'as faite !

— Tu es déjà au courant ?

— M. Bérurier est ici et m'a mise au courant. Oh ! bonne nuit, monsieur le président ! En pyjama, vous allez attraper la mort ! Entrez vite, j'ai du café tout chaud, tout bouillant !

Moi, ce que je retiens d'essentiel c'est : « M. Bérurier est ici. »

Alors je fonce.

Oui, il est bel et bien laguche, le Gravos, la tête enturbannée de gaze, faisant songer au dessin que Picasso fit d'Apollinaire en 1918.

Le restant de sa frite est d'un violet épiscopal, avec des marbrures vertes et des jaspures jaunes agrémentées d'ecchymoses.

Je le prends dans mes bras. L'étreins (de marchandise). Lui bisouille les emplacements disponibles.

— Toi ! Là ! Vivant !

Il rembrunit.

— Tout le monde il peut pas en dire autant, mec.

— Quoi, Hélène ?

— C'est fini pour elle.

— Je la décorerai à titre posthume ! déclare le président.

— Ça lu f'ra une belle jambe ! grogne le Gros.

Mais, s'avisant de la qualité de son interlocuteur, il s'écrie :

— Baladez-vous pas dans c'te t'nue, mon président, que v's'allez nous faire un' génuflexion de poitrine. T'as des fringues pour mon président, l'artiss ? Not' qu' je voye mal comment qu'il y glisserait sa p'tite bonbonne maison. Et pis les jambes du grimpant et les manches risqueraient d'êt' trop longs. Vaut mieux tuber à vot' dame qu'é vous envoye des fringues à vous, mon président. Elle aura bien quéqu'un sous la main pour apporter ; qu'autr'ment sinon, je peux y aller les chercher.

Le grand homme sourit.

— Je vais faire le nécessaire. J'espère que cette sombre histoire n'a pas été ébruitée ?

— Pensez-vous, interdiction formulée d'en causer jusqu'à nouvel ordre, mon président.

— Parfait. Alors disons qu'il ne s'est rien passé, n'est-ce pas, messieurs ?

J'adresse une pensée humide à la petite Hélène, à Lurette sur son lit de souffrance, à tous les gens, gredins ou non, qui ont défunté depuis le douzième coup de minuit du 31 décembre...

— N'ayez pas d'inquiétude, monsieur le président, soupiré-je, en effet, il ne s'est rien passé.

FIN

Achevé d'imprimer le 20 avril 1984
sur les presses de l'Imprimerie Bussière
à Saint-Amand (Cher)

Dépôt légal : juin 1984
N° d'impression : 794.

Imprimé en France

PUBLICATION MENSUELLE